"ANTIQUITIES" JOHN CROWLEY

古代の遺物

ジョン・クロウリー

浅倉久志・大森望・畔柳和代・柴田元幸 訳

未来の文学
FUTURE/LITERATURE

国書刊行会

古代の遺物　目次

装幀　下田法晴（s.f.d.）

古代の遺物

古代の遺物

柴田元幸訳

Antiquities

「もちろん、チェシャーでの『不倫疫病』もある」とサー・ジェフリーは言った。「長くは続かなかったが、あながち無視するわけにもいかん現象だと思うね」

もうずいぶん遅い時間だった。サー・ジェフリーと私はトラベラーズ・クラブで、（大英帝国の権勢がもっとも広範に、だがなぜかもっとも脆弱に広がっていたあの当時、我々はしばしばそんな議論をしていたように思う）異国の事物、奇妙な風物が本土に闖入してその平穏な暮らしを脅かした事例について話しあっていた。何世紀かにわたる冒険と略奪が、基本的には家庭が一番と思っている種族に及ぼしてきた、思いがけぬささやかな影響——サー・ジェフリーはいざ知らず、私はこの問題をそのように考えていた。私はまだひどく若かった。

「そんなふうに、何でもないみたいな調子で『もちろん』なんて言っても駄目ですよ」と私は、バーネットの視線を捉えようと試みながら言った。喫煙室の薄暗い靄《もや》のなかをバーネットが通りすぎていくのを、私はなかば、見るともなく感じとっていたのである。「『不倫疫病』なんて言われても、何のことか僕にはさっぱりわからないんですからね」

燕尾服のなかからサー・ジェフリーは葉巻入れを取り出した。その容器はどことなく、葉巻が何本も並んだ姿に似ていた。ちょうどミイラの棺《ひつぎ》が、なかに入った人間の形と似ているような按配だ。彼は私にも一本勧めてくれて、私たちは悠然と火をつけた。サー・ジェフリーは自分のブランデーグラスを揺らし、なかに小さな渦を作りはじめた。こうした一連の儀式が、いわば前口上であることを私は理解した。「不倫疫病」の話を聞かせてもらえるのだ。

「一八八〇年代後半のことだ」とサー・ジェフリーは言った。「どうやって最初にこの話を耳にしたのか見当もつかんが、『パンチ』あたりの他愛ない記事だったとしてもまあ驚かんね。はじめは気にも留めなかった。集団妄想、群衆の狂気、そういうたぐいの話にすぎん、と思っていた。そのころ私は、セイロンから帰ってまもないころで、とにかく鬱陶しい天気に心底参っていた。陸に戻ったのはちょうど秋になった時分で、その後四か月、ほとんどずっと屋敷にとじこもっておった。雨！　霧！　よくもまあ忘れていられたもんだ。何より奇妙だったのは、私以外は誰もそんなもの気にしていないらしいことだった。私の執事も毎朝カーテンを開けては、これ以上はないってくらい陽気な声で、『今日もまた鬱陶しゅうございますねえ』と来たものだ。こっちは顔を壁に向けるしかなかったね」

話が個人的懐古にそれてしまったことに気がついたか、サー・ジェフリーは葉巻を、まるでそれが回想の泉でもあるかのように吸い込んだ。

「それに注目するようになったのは、一見何の変哲もない殺人事件がきっかけだった。ウィンズフォードに住む、結婚して何十年にもなる農夫の細君が、ある夜〈麦束《シーフ・オブ・ウイート》〉に入ってきた。〈麦束〉は近所のパブで、亭主はそこで一パイントのビールをちびちびやっておった。細君はスカートのなかから時代物の鳥撃ち銃を取り出し、それから何かひとこと言ったんだが、何と言ったのか、居合わせた連中のその後の証言はまちまちだった。細君は二発とも亭主にお見舞いした。一発は不発だったが、もう一発の方だけで効き目は十分だった。亭主はといえば、事態を悟ったとき、驚きも示さず悲痛な顔もせず、ただ単に目を上げ、そして――ま、要するにおのれの運命を待ったという話だ。

　検屍が行なわれた際、目撃者のうちある者は、発砲する直前に細君が『ほかの人たちすべてに代わってこうするのよ』と言った、と証言した。だが別の者は『ほかの人たちを救うために、サム（亭主の名だ）、こうするのよ』だったと思うと述べた。そしてまたある者は、『あんたをあいつから救うために、サム、こうするしかないのよ』だったと言った。女は完全に発狂してしまったらしかった。取り調べで何を訊かれても、やたらと込み入った、ぞっとするような話を並べるばかり。残念ながら話の中身は、聞き手がさっぱり理解できなかったからか、記録に残されていない。理屈でまとめてしまえば、要するに、目に余る不義に耐えかねて妻が夫を射殺した、ということに尽きた。判事が目撃者たちに、そういう不義については知っていたかと問うと――何しろ小さい村だ、この手のことを隠し通すのは至難の技だ――男たちは口を揃えて、知りませんでしたと答えた。ところが裁判が終わってから、女たちの方があれこれ言い出した。何やら謎めいた、つかみどころのない文句を口にして、その気になれば話はいろいろあるんですけどね、などと言ってのけるのだ。夫を殺した女は裁判を受けるに不適格と判断され、その後まもなくロンドンの精神病院で首を吊った。

ああいう気の滅入る地方の暮らしに、君がどれくらい通じているかは知らない。当時、農夫仕事というのは、どう控え目に言っても難儀この上ない稼業だった。人づきあいもなく、頭がどうかしちまうくらい退屈で、実入りもおそろしく少ない。作男連中は大酒飲み、作物の値段は下がりっ放し。女たちはあっというまに老け込む――まあ年じゅう子供を産まされる上に、仕事も男衆と少なくとも同等にやらされるんだから、無理もない。つまり私が言いたいのはだ、不倫だの情事だのロマンスだのに、これほど不向きな社会もない――なかった――ということだ。ところが、この殺人事件のせいでいわば脚光を浴びてからというもの、どうやら北チェシャーには、不義を働く亭主どもが疫病のようにはびこっておることが見えてきたのだ」

「そういうことって、何を証拠にして言えるのか、ちょっと見当がつきませんね」と私は言った。

「その年の秋、ちょうどこの件の真っ盛りというころに、私はたまたまチェシャーを訪れた」とサー・ジェフリーは、葉巻の先で灰皿を撫でながら先を続けた。「私もやっと、これじゃいかんと気を入れ直して、知りあいからの誘いに応じるようになっていたのだ。で、アレクサンドリアで知りあった男が——海外代理店業で大儲けした男なんだが——狩猟に招いてくれたわけだ」

「チェシャーで狩猟とは妙ですね」

「妙な奴なんだよ。はっきり言っちまえば、成り上がりだな。大した歓待ぶりだった。屋敷は赤煉瓦チェシャー風偽ゴシック様式とでもいうべき代物で、そこからにじみ出る荒涼と憂鬱たるや、まったくもって大したものだった。結局、狩猟はまるっきりなしだった。週末のあいだずっとざあざあ降りでね。これといって何もせず、ぱらぱら小説をめくったり、カイロ・ホイスト（当時はブリッジをそう呼んでいた）をやったり、窓の外をぼんやりと眺めたり。ある晩、余興もタネぎれになって、あるじが——ワットという名前なんだが、そいつが……」

「何《ワット》という名前ですか？」と私は訊ねた。

「その通り。この男、かつて催眠術《メスメリズム》をかじったことがあって（本人は催眠学《ヒプノティズム》という呼び方の方を好んだがね）、その晩、ひとつ我々の暗き心の奥底を探ってみようじゃないか、と持ちかけてきた。みんな断ったんだが、ワットはあとに引かなかった。で、とうとう、人のいい地元の男が一人、駆り出されちまった。代々この地方に住んでいる、地主階級の——そしてここが大事なところなんだが——爪の先に土がたまった根っからの農夫だ。話題もカブの収穫が中心だった」

「暗き心の奥底の話題もですか？」

「そこだ。ここから話は核心に至る。この紳士の細君も集まりに同席しておった。細君を前にした亭主の卑屈ぶりときたら、嫌でも目に入ってきた。目つきはこそこそ落着かないし、細君がうしろから声をかけようものなら、びくっと大仰に縮み上がる。それと、時おりふっと、夢見るような、心ここにあらずといった様子を見せるのだ」

「カブの心配でもしてたんですかね」

サー・ジェフリーは、葉巻が私の軽口そのものであるかのように、責めるようにもみ消した。

「要はだね、この赤ら顔の、どこを叩いても平凡そのものの男は、細君に不義を働いていたのだ。そりゃもう、シャツの表に大きく書いてあるみたいに、一目瞭然だった。細君の方もどうやらちゃんとお見通しらしく、膝に載せた巾着袋に負けずぎゅっと締まった顔をしておった。亭主が実験台を引き受けると、細君の顔からさっと血の気が引いて、亭主を引っぱってやめさせようとするんだが、ワットもワットで、まあいいじゃないかとしつこく言うものだから、結局細君は一人で、頭痛がするからと言って退散してしまった。引き受けたときに亭主が何を考えていたのかはわからない。おおかた、ちとブランデーが入りすぎたんだろう。とにかく、ランプの炎が弱められ、回転板だの何だのお決まりの道具が引っぱり出された。ワットも驚いたくらい、地主はまるで殺されたみたいにあっけなく術にかかった。はじめは私たちも、酒が効いただけだろうと思ったんだが、じきにワットが質問をはじめ、地主が気だるそうに、だがはっきりと名前や年齢を答え出すと、これは酒のせいじゃないとわかった。ワットとしてはきっと、逆立ちさせて頭で立たせるとか、チョッキを前後さかさに着させるとか、そんな程度の芸をやらせるつもりだったんだろう。ところが、そこまで行く前に、男が勝手に喋り出したのだ。男は誰かに話しかけていた。

誰か、女にだ。男の変身ぶりといったら、そりゃもう驚くべきものだった」

サー・ジェフリーは気分が乗ると人真似の才能を発揮する人物だが、このときも、催眠術にかけられた地主にわが身を変身させたように見えた。目はどんよりと曇ってなかば閉じられ、口はだらんと力なく開き（ただし口髭はぴんと立ったまま）、片手はまるで執拗な霊を遠ざけようとするかのように持ち上がった。

「『やめろ』と男は言う。『放っといてくれ。その目を閉じろ——その目を。なぜだ？　なぜ？　服を着ろ、ああ神様……』地主はいまやおそろしい苦痛のただなかにいるらしかった。もちろんここですぐ、ワットが目ざめさせてやるべきだったんだろうが、ワットの奴、すっかり魅入られてしまっていたんだ。白状すると、私たちもみな同じだった。

『誰と話してるのかね？』とワットは訊ねた。『あの女だ』と地主は答える。『異国の女。かぎ爪のある女。猫』

『女の名前は？』

『バステト』

『どうやってここへ来たのかね？』

こう訊かれて、地主はちょっと考えているみたいだった。それから、三つの答えが出てきた。

『土のなかから。何もせずに。〝ジョン・ディアリング〟号に乗って』。この最後の答えにワットは仰天した。というのも、あとで聞かされたんだが、〝ジョン・ディアリング〟はワットもよく取引きしていた貨物船で、アレクサンドリアとリヴァプールを定期的に往復していたのだ。

『どこでその女と会うのかね？』とワットは訊ねた。

『麦束のなかで』」

「パブのことでしょうね」と私は口をはさんだ。

「違うと思うね」とサー・ジェフリーは不気味に言った。「男は麦束について喋りつづけた。話していくうちにますます熱がこもってきたが、その言葉はだんだんわかりにくくなっていった。妙な音を立てはじめて、何と言うか――息はぜいぜいしてきて、体の動きも……」

「わかる気がします」

「いや、あれはわかるもんじゃない、完全にはね。あんな凄い眺めは、そうめったにお目にかかれるものじゃない。男はだね、猫だと言ったり、麦束だと言ったりしている誰かを相手に、肉体的に愛を交わしておったのだよ」

「さっき言った名はエジプトのものですね」と私は言った。「猫に縁のある女神だ」

「その通り。この儀式のなかばで、ワットがようやく我に返って、目ざめよ、と命じた。男は何だかぼうっとしているふうだった。体じゅう汗びっしょりだった。顔を拭こうとしてハンカチを取り出す手が震えていた。その顔はバツが悪そうでもあり、悦んでいるようでもあり、まるで――まるで――」

「カナリヤを食べた猫みたいだった」

「君には比喩の才能があるな。男は一同を見回し、恥じ入ったように、醜態をお見せしちまいましたかねと訊ねた。いやあ苦労したよ、そんなことはないと請けあおうにも挨拶に困ってね」

呼ばれもせずに、バーネットが我々のかたわらに、悲劇的かつ不可避の預言を口にせんとする者のごとき気配を携えて出現した。これがバーネットのいつもの顔なのだ。ただ一言、雨が降ってまいりました、と告げただけだった。私はウィスキー・アンド・ソーダを頼んだ。このやりとりのあいだ、サー・ジェフリーは物思いに沈んでいるように見えた。ふたたび口を開いたその口調は、つくづく感じ入っているふうだった。「妙なものだ」と彼は言った。「猫と聞くと、少しも迷わずに女だと考えてしまう。実のところは両性均等にいることくらい、みんな十分承知しているのに。私の知る限り、世界中どこでも同じだ。たとえばおとぎばなしで猫が人間に変身すると、決まって女に変わる」

「目ですね」と私は言った。「それと動き――ある種、くねくねした感じ」

「独立独歩の雰囲気」とサー・ジェフリーも言った。「もちろんそんなのは見かけだけだ。猫ってやつは実は飼い主に頼り切ってるんだ、自分じゃそう思ってないみたいだが」

「くつろぐ才能」

「それと悪意」

「疫病の話に戻りますけど」と私は言った。「気のふれた女一人と、催眠術にかかった地主一人だけじゃ、疫病とは言いかねるんじゃないですか」

「いや、これはまだほんの序の口なのだ。その秋のあいだずっと、まあこういう田舎にしてはということだが、離婚訴訟や婚約不履行訴訟が続出することになった。ある男は『おれは彼女を自分のものにできない、おれは彼女なしでは生きられない』と遺書を残して自殺した。何年も夫に尽くし、子供も大勢産んだ農夫の女房たちが、一人ならず荷物をまとめて、チェスターあたりに住む老いた両親の元に帰っていった。そんな有様だった。

　地主が醜態をさらした翌日の月曜日の朝、私は町へ帰った。たまたまその月曜は市が立つ日で、疫病の影響をじかにこの目で確かめることができた。何組もの夫婦が、荷馬車の座席の両脇に離れて座って、たがいに目も合わせられずにいるのさ。たかが野菜をめぐって、出し抜けに何のわけもなく口喧嘩がはじまった。涙もあちこちで見えた。あの地主の目に浮かんでいた、おどおどした、やましそうな、うしろめたいところのある表情にも、何度もくり返しお目にかかることになった」

「絶対の証拠とは言えませんよ」

「証拠ならまだもう一つある。あの地方ではローマ教会の支配力がいまも衰えておらんのだが、どうやらこの時期、教会に属す女房連が何人か結束して、この地方は悪魔祓いを必要としております、と司教に宛てて陳情書を送ったらしい。私どもの夫が女怪《サキュバス》に苦しめられているのです、とね。それとも女怪《サキュバイ》たちかな——相手は一人なのか大勢なのか知りようもないのだ」

「まあそうでしょうね」

「私が特に興味を惹かれたのは」とサー・ジェフリーは言って、頬と眉のあいだから片眼鏡を外し、ぼんやりとした手つきで拭いた。「これだけ不義が横行しているのに、責められるのはどうやらいつも男ばかりというところだった。女はつねに被害者であり、絶対に加害者ではないのだ。さて、例の地主の言葉を、シェークスピアよろしく『夢を織りなす素材』と片付けずに、立派な証拠と考えるならばだ、異国の、おそらくはエジプトの女――あるいは女たち――がリヴァプールの港に着く、という情景が浮かび上がってくる。その女もしくは女たちが、誰にも見とがめられずにチェシャー一帯を動きまわって、食らい尽くすべき餌食を漁り、納屋のなかで収穫に囲まれて小地主《ヨーマン》たちを誘惑しておるというわけだ。あまりと言えばあまりの話じゃないかね。そこで私は、ロイズに勤めておる知りあいに連絡をとって、それまで数年分の〝ジョン・ディアリング〟号の乗客名簿を調べてもらった」

「そしたら？」

「名簿は一つもなかった。〝ジョン・ディアリング〟は過去二、三年乾ドックに入っておったのだ。その年の春になって一度だけ走り、それっきりまたお蔵入りになっていた。その一度だけの航海の際も、乗客は一人もいなかった。アレクサンドリアから運ばれてきたのは、お決まりの油、ナツメヤシ、サゴヤシ、米、煙草に加えて、『古代の遺物《アンティクイティーズ》』なる物品だった。それ以上具体的な説明も書いてなかったので、話はそれっきりになった。『不倫疫病』もあっさり立ち消えになった。翌年の春ワットがよこした手紙にも、そのことについては何も書いていなかった。それまでは微に入り細を穿って報告をよこしたのにね。私が知っていることも、大半は、それまでに奴が見聞きしたりウィンズフォードの地元紙（『伝令喇叭《トランペット》』とか何とかそんな名前だ）を隅から隅まで読んだりして仕入れた情報なのだ。それから一年ばかり経って、ある男に偶然カイロで出会うことがなかったら、私としても何の結論にも達しないまま終わってしまっていたかもしれん。

　そのころはまだ、ハルトゥームの惨劇（一八八五年、ゴードン将軍率いるイギリス軍が反乱軍に敗れて全滅した）の余韻もさめてはおらん。そんな時期にスーダンへ向かう途中だったから、ひとつ景気づけというわけで、私はシェファード・ホテルのバーで一杯やっておった。そこで一人の考古学者と会ったんだが、この男というのがメンフィス（古代エジプトの首都）での発掘調査を終えたばかりで、話は自然と、エジプトの秘儀の話題に移っていった。いつも驚かされるのは、古代エジプト人の精神の、すさまじい徹底ぶりだ、と男は言った。いったんある行ないを儀式上必要と認めたら、それを実行するにあたって彼らはいかなる逸脱も許さないというんだ。

　たとえば猫です、と考古学者は言った。エジプト人がいかに猫を重く見ていたかは誰でも知っている。重く見ているということは、死んだらミイラにしなくちゃならんということだ。かくして猫はミイラにされた。一匹残らず、とは行かないまでもほとんど全部だ。悲しみの涙に暮れる遺族をしたがえて墓まで運ばれ、来世への旅のお供にと、お気に入りの玩具や食べ物とともに埋葬された。ついこないだもベニハサンで猫三十万匹分のミイラが出てきましてね、と考古学者は言った。猫の共同墓地がまるまる一つ、何世紀ものあいだ汚されずにずっと残っていたわけですよ。

考古学者の次のひとことに、私ははっとした。いや、はっとしたどころじゃない。というのも、出てきた猫たちはみんな、掘り出されて、英国に送られたっていうじゃないか。一匹残らず、だ」

「驚いたな。なぜです？」

「わからんね。まあしょせんは猫だ、エルギンの大理石彫刻とはわけが違う。リヴァプールに着いたときの反応もそんなようなものだったらしい。どこの博物館も収集家も、誰一人まったく興味を示さなかった。だけども船賃は相当かさんだから、どこかにまとめて売り払っちまうしかなかった」

「売り払う？　いったい誰に？」

「チェシャーの某農芸会社にだ。で、会社はそれをばらばらに切って小売りした。いいかね君、地元の農夫たちに売ったのだよ。肥料として」

ほとんど手をつけていないブランデーをサー・ジェフリーは揺すぶって渦を作り、そのなかをじっと覗き込んで、ブランデーがグラスの側面に作りだす筋を、まるで秘密の暗号でも読むみたいにしげしげと眺めた。「まあ、科学的精神の持ち主であれば」と彼はようやく言った。「はるか昔に生きた、愛情を込めて白い布に包まれ香料や呪文とともに埋葬された三十万匹の猫を、遠い国から——そして遠い過去から——掘り出して、切り刻んでチェシャー州の壌土に混ぜ入れたところで、穀物をもたらす以外何の結果も生みやしないと信じられるかもしれん。だが私は確信できないね。全然確信できん」

トラベラーズ・クラブの喫煙室はいまやがらんとして、バーネットの疲れた埋葬されざる亡霊がさまようばかりだった。我々の頭上の壁に据えられたエキゾチックな動物たちの頭は、影に覆われ、ほとんど何の頭ともわからなかった。どれもみな、たったいま、何かを探して、暖炉の煙にいぶされガラスの目をした頭でもって壁をつき破ったばかりみたいな趣をたたえている。壁の裏側には、彼らの巨大な、想像を絶する身体が立っている……。何を探しているのか？　彼らを殺してこんなところへ連れてきた、みずからもとうに死んでしまった、トラベラーズ・クラブのメンバーたちをか？

「君、エジプトに行ったことはあるね」とサー・ジェフリーが言った。

「短期間ですけど」

「私は前々から思っておるのだが、エジプトの女というのは世界でも一番美しい部類に属するね」

「たしかに目は素晴らしいですね。もちろんベールをかぶられちゃ、目以外ほとんど見えませんが」

「私は女たちがベールをつけていない場合のことを言っておるのだ。あらゆる意味でベールを脱いだ場合のことを」

「はあ」

「脱毛している女も大勢いる」。彼は小さな、夢見るような声で言った。はるか昔の情景を見据えているような口ぶりだった。「いつ見ても、そう、興味深いものだ――控え目に言っても」。サー・ジェフリーはふうっと大きくため息をつき、立ち上がろうとしてチョッキを引っぱり下ろした。眼鏡をかけ直す。もういつもの彼に戻っていた。「君、この時間に辻馬車なんてものがつかまると思うかね？　まあ試してみるか」

「ところで」と私は別れぎわに言った。「女房連の悪魔祓い請願はどうなったんです？」

「司教がローマへ送って検討を依頼したという話だ。で、教皇庁はこういう問題に関し、ことを急いだりはしない。ひょっとするといまだに検討中ではないかな」

彼女が死者に贈るもの

畔柳和代訳

Her Bounty to the Dead

あまたの交換台と交換手をついに突破して、「もしもし」と若い声がよそよそしく、いぶかしげに言うのが聞こえたとき、フィリッパ・ダーウェントは人目を避ける獣を追跡してひそかなねぐらを突き止めたような気がして、こんなことに手をつけるんじゃなかったと一瞬思った。おせっかいと思われるのは、いやなのだ。それでいて、時折おせっかいな行動をとってしまうことは自覚していた。

「フィリッパ・ダーウェントです」と言ってから、少し待ってみた。応答がなかったので、今度はこう言った。「ジョン・ノウさん？　わたくしはエイミー・ノウの……」

「はい。ああ、はい。フィルおばさん。すみません。すっかりご無沙汰して……」

まことにご無沙汰だった――二十年以上だ。最後に会ったときに甥は十一歳だったのだから、同じ歳月も甥にとっては、はるかにゆっくり過ぎただろうとフィリッパはわかっていた。したがって次の務めは、これまでのことをぎこちなく伝え合うことだろう。甥の人生は、波乱が多く、幸せではなかったろうとつねづね考えていた。自分の方は幸せと思える人生を送っていたが、特別な出来事は少なかった。妹エイミーは息子ジョンのためだと主張して、惚れてもいない男と結婚した。妹一家はニューイングランドを離れ——フィリッパとはそれきり会っていない——何度か引っ越すたびに西へ西へと移っていった。エイミーはおもしろくもない手紙をよこしていたが、それも次第に間遠になって、いまやクリスマスカードだけで、その裏に散漫な走り書きをしてくる。継父は姿を消していた。少なくとも言及はされなくなっていた。姉妹の母親が亡くなったとき——長年フィリッパは母と二人暮らしだった——エイミーは葬式に来なかった。

その歳月のどこかで、ジョンが神学校に入ったとエイミーが手紙に書いていたから、地元の新聞に、ジョン・ノウなる人物がウェストチェスターのカトリック系女子校に教員として任命されたとあるのを見て以来、この人物が東部へめぐってきた甥である可能性は徐々に高くなり（甥のことを、内気で目の大きい、小柄な少年以外には考えにくかったのだ）、やがて確信となった。諸般の事情により（その大半は、自分に対して言い訳にしたことではない）電話をかけはしなかった。しかし、親戚アンの遺言状の件がようやく解決した旨の手紙が弁護士から届くと、ジョンに連絡する役を引き受けた。だって馬鹿らしいもの、と自分に言い聞かせた。こんなに近くにいてつきあいを再開しないのは。向こうから連絡してこないなら、こちらからしよう。

「アンはバーモントに土地を少し持っていたんですよ」とフィリッパは話した。「たいそうなものではないけれど、その一部をあなたも相続したというか、どうやら間接的に相続することになったそうで……」

「まさか、あの農場じゃありませんよね」と彼は言った。その声は遠かった。

「まさか。農場はもう何年も前に母と私が売ったんです。あそこじゃなくて、小さな区画で――農場よりも北よ、遠くはないけど――よかったら見に行ってはどうかと思って。もともと私は行く予定で――ちょうど紅葉が見頃でしょうし――それで思い立って……」

「車は運転しないんで」

「私が運転します」彼女はかすかにいらだってきた。「それに、アンの弁護士さんのところに署名が必要な書類があるそうですよ。それも全部片づけられます」

「そうですか」と彼は言った。「恐れ入ります」少し間を置いて彼が言った。「農場のことは残念です」


彼は細身で黒っぽいあごひげを生やしていて、聖職衣は着ておらず、うわのそらであると同時に注意深い様子で大学の階段に立っていた。こういう人を見たことがある、と彼女は思った。いったい誰を思い出しているんだろう。ああ、この人自身だ。間違いない。子どものころの彼だ。しばらく車から降りることも彼に声をかけることもせずに観察をつづけ、なぜか過去にさらわれていく感覚をおぼえた。

「ジョン」

「フィルおばさん」彼の驚きようは、彼女の淡々とした様子と好対照をなした。彼女は恥ずかしくなった。思い描いていた面影に較べて、きっとひどい婆さんなのだ。それでも彼はやさしく手をとり、一瞬ためらっていたが、頰にキスをしてくれた。愛情がこもっているキスに近かった。大きな瞳は、記憶していたとおりだった。一瞬、のどに固いかたまりがせり上がり、顔をそむける口実として空を見上げた。

「先に言っておかなきゃ」と彼女は言った。「私、雨女なの。どこに行っても青空がくもりだす」事実、西の方でしっかりとした白い雲が動いていた。それを先導しているのは、風にねじれ、細くたなびく、淡い色の馬尾雲。「嵐の前触れ」と母さんが呼んでいた雲だ。

北へ向かうパークウェイ。文明の粋である有料道路に沿って蔦がすでに紅葉し、まだ葉の青い木々に多彩な衣を担わせていた。夏を過ごす場として一九二〇年代に父親が農場を購入して以来、何度も通った道だ。当初はまだ田舎だったコネチカットを抜ける未舗装の道を通い、その後はそれぞれ形が異なるアーチ型の橋をくぐったものだが、いまやバーモント州の奥まで到るスーパーハイウェイを滑走している——かつて不可能だと思っていたことだ。昔はこの時季にエイミーと両親とともに逆向きに走っていたものだ。農場へ行くのではなく、遠ざかっていた。農場には五月から十月まで滞在していたのだ。家族はいつだってその移動を「うちに帰る」と称していたが、少なくともフィリッパにとっては常に正反対の動きに思われた。真のわが家を離れて、もうひとつの家へ向かっているのだ。日常の場、異境生活《エグザイル》へ。

「売ったのは、一九五三年」彼女は甥の問いに答えた。「あなたたちが越していったあとの夏。ひたすら重荷になってしまって。父が亡くなって、あなたたちも、もう来ないし。母と私はライの家を買う資金が必要だったの。そうしたら夏の終わりに突然、買いたいという申し出があって――しかもかなりいいお話――それで売ることにした。私たち、ありがたかったのよ、たぶん」

「その頃のかなりいい申し出って、いかほどですか?」

「五千。ほかに調度品に百ばかり。調度品もほとんど買い取り」

「五千」彼は頭を横に振った。

「一九二〇年代に買ったときは二千だったの。それに、もう地所はほとんどなくなっていたし」

「一九五三年」彼はその年号が貴重でもろいものであるかのようにそっと口にしたあとは何も言わなくなり、窓の外の景色に見入っていた。

これを懸念していたのだ。相手のよそよそしさ、避けがたいであろう気兼ね。そこで、フィリッパは天気の話をしてみた――木々は銀色を帯びた裏側を見せて、びっくりして両手をあげているようで、空はだんだん凄まじくなっていた――その後、仕事のことを訊ねた。正しい質問だったようだ。神学や、魂の政治学を語るうちに彼は生き生きしはじめ、おもしろくなり、饒舌といってもいいくらいしゃべった。

フィリッパの信心深さ、もしくはその欠如は、スティーヴンズの詩に出てくる女性のそれに似ている。日曜の朝、コーヒーとバタンインコをそばに置いて座っている女性だ。〈なぜ彼女が死者に贈り物をする必要があるのだろう〉そして、四月に関するあの一節も……。

だが、預言の横行する土地や、
墓場の古めかしい怪物、
死後の魂が帰り着く黄金の
地下の国や、うるわしい調べの島、
はては幻の南の国や、はるか天国の丘に立つ
雲のような椰子の木でさえ、四月の緑ほど長続きした
ためしはなく、

「ええ」と彼は言い、左右の指先を合わせた。「天国という概念は難題です。さんざん苦労したのに結局白い衣をまとって神を賛美するだけなんて、それじゃまるで永遠に続く聖歌隊の練習で、苦労した甲斐がほとんどないように思えます。もちろん、筆舌につくしがたい、名状しがたい至福が伴うとされていますが、ものすごく想像しにくいですよね?」
「本当に信仰心が篤い人たちは感じとるものなんでしょうねえ」とフィリッパは言った。自分が天国を擁護しているなんて妙な気分だった。

「どうでしょう。天国のことを本気で信じている人たちは、まわりにあるお気に入りの物に天国という観念を負わせるんじゃないでしょうか。『これは天国のようだ』と言うときは、本気なんじゃないですか」彼の手のかっこうが実にいいのをフィリッパは見てとった。さっきまで静かに組まれていた手が、いまは動いている。その手も誰かをほうふつとさせた。でも、手のように変わりやすくて時の刻まれやすいものが、少年時代の彼をほうふつとさせる何かを保ちうるものだろうか。

「母――エイミー――がよく言っていました」と彼は話を続けた。「大切に思う人や場所や時間を、あるがままでそばに置けないなら、天国なんかどうでもいいって――つまり、抽象化されていなくて、白い衣をまとっていなくて、雲の上でもないってことです。僕もたぶんそうじゃないかと思うんです。天国とは、自分が一番幸せでいられる場所です。あるいは、将来幸せになる場所でも、かつて幸せだった場所でもいい。天国に時間はないわけですから」

私にとってはいったいどこだろうとフィリッパは思った。そして、可能性をじっくり考えて認める過程は抜きにして、直感した。農場だ。何年も前の真夏の。そうならば……。いや、そんなはずはない。フィリッパが確信していることがひとつあるとすれば、幸せは失われるということである。遅かれ早かれ、失われる。「その考え方にあなたの教会が賛成するとは思えないわねえ」

彼は機嫌よく笑った。「ええ、まあ。なにしろ、いまはすべて空の上のまだわからないことですから。それに僕は、ほかの点でも異端派の始祖みたいなもので。実は、こないだも異端説を考えついたばかりというか、前からあるものを磨きなおしたばかりなんです。お話ししてもいいですか」

「そのせいで天罰を受けないと約束できれば」とフィリッパは言った。北の方で、渦を巻く巨大な黒い塊が、自分たちの行く手をさえぎるように進みつつあった。「だって、あの空を見て」

「こういうことなんです」と彼は言って、とがった膝を持ち上げて脚を組んだ。「万人が不滅の魂を持っているわけではないと考えることにしました。楽園でアダムとイブは、いつまでも死なない状態を手放した。その後はひたすら塵から塵へとなる。イエスは自分を信じる人々に永遠の生命を約束した——いつまでも死なないという可能性です。つまり、信じる者に確固たる信仰、希望、慈悲心があれば、みずからの不滅を創りだすんです。イエスを介して——アダム以来はじめてのいつまでも生きる人間、つまりは新しいアダムを介して」

「じゃあ、聖書の外の闇と嘆きと歯ぎしりは何のこと？」

「死のたとえです。何回か出てくる火やら何やらを、死のたとえとして説明するほうが、死にまつわる多くの言及を永遠の罰のたとえとして説明するより簡単でしょう。イエスの言葉に〈私を信じる者は死なない〉とあります。ほかの者は死ぬとはっきり言っているのではないでしょうか」

「地獄はないの？」

「ありません。これで大問題が解決します。救済に興味がない人は土の中に入るだけで、完全に消滅する。不滅を成就できなかったから」

「そう思うと気が楽になる」

「そうですよね。これで〈幼子が地獄に堕ちる〉問題にも〈良き異教徒〉の問題にも片がつく。でも、何しろ、選びにくくなるんです。イエスを。もうひとつの選択肢が悲惨きわまりないものではなくなるので」

「実は――悪いんだけど――私にはそっちの方が好ましいくらい。永遠の生命には惹かれなくてね」

「そういう考え方もあるでしょう。永遠の生命だって、混じりけのない善ではないかもしれません。けっこう厄介かもしれない――ほかの生き方と同じように」

「あら、まあ」

「選ぶ余地がない人もいるでしょう。神に所有された人たちや、聖人のような人々」彼はいっそう動かなくなり、内省的になっていた。この人はまだ冗談を言っているのかしら、と彼女は思った。「実際、天国の人口は少なかろうと思います」

　フィリッパは最後の審判を題材にした中世の絵画を思った。羽のついた聖人が幾列にも並び、実際よりも多くいるように見せてはいるが、実は滑稽なほど少ない。でもその光景は、甥が思い描いている天国とは異なっているはずではないか。甥が思い描いているのは、熟した果実が落ちない場所。最愛の物からなる天国であるべきならば、（フィリッパの場合は）以下の物が不可欠だ。季節の移ろい。落葉。今日のように、たくさんの黒い雲がずんずん動く日。燃えさかるベニカエデとその消え行くさま。四月の緑。そうしたものが人々に充分に行きわたるには、分け合う人数が少ないことも必要かもしれない。そこに入らない我々はいつか死ぬ身で、仕方なくほかの人々にゆずるのだ。ふと、ある光景が心に浮かんだ。農場へ続く、雑草だらけの長い私有車道の石門に入ろうと曲がってきた古いコンバーティブル。

いったい誰かねと母親が言った。**知り合いじゃないね**。

ワイパーの下にだいだい色の葉をはりつけたまま、車はおずおずと不安げに車道に入ってきた。**方向転換しに入っただけじゃないかな**。**道に迷ったのかも**とフィリッパは言った。母と二人でポーチに座っていた。それくらい日向は暖かかった。何もかもが静止していて、青く、木の葉が訳もなく落ちているように思われた。落ちていく葉はゆるやかな敏捷さをもって地面まで落下していた。ほかの葉のもとに落ちるときにかささと乾いた音が聞きとれることもあった。それほどひっそりしていた。

車道の半ばで車は停まり、若い男が降りてきた。幅広のフェドーラ帽——当時、男がみなかぶっていた帽子——をかぶり、長いストレートパイプをすっていた。男はプリーツのついたズボンのポケットに手を突っ込み、家を眺めている様子だったが、二人のことは見ていないようだった。ついに二人の方へ歩きだしたとき、目的がありそうには見えなかったし、声もかけてこなかった。あばら家にやってきたか、自宅に帰ってきたかのような風情だった。ようやく挨拶をしてきたころには、男の態度はのんびりした親密さを伴っていた。声を聞くかぎり、バーモントの人間ではなかった。

　村でちょっと聞いたのですが、お宅を売ることをご検討中だそうで、と男は言った。ちょうどこちらのような家を探しておりまして。わたくしは作家でして、仕事ができる静かな家が要るんです。本当に売るおつもりでしょうか？　なかを拝見できますか？

　ちょうどフィリッパと母親が、もうこの家では夏を過ごせないと悟った週のことだった。村人たちも同じ結論に達したらしい。それには驚かないが、フィリッパたちに確めもしないで家を売りに出すのはいささか出すぎた真似だった。でもまあ、と目配せして母親に問うた。もうここまで来ているんだもの。案内してもいいよね？

　だだっ広いんです。ぎーっと鳴る網戸を開けて、みなで家に入るときにフィリッパは言った。男は客間に立ち、場所を見るというよりは香りを吸い込んでいるようだった。薪ストーブ、古い家具、りんごジュースを思わせる秋の空気のにおいを。**広すぎませんか？**

　広がっていく余地があります、と彼は言いながら、そんなことは実はどうでもよさそうな微笑みを浮かべた。フィリッパは謙遜しながら台所を案内した。室内の配管は、ポンプひとつだけであること。トイレはないこと。この鉄の大きな物体のほかに調理用レンジはないこと。あちこち手を入れる必要があること。

　このまま使うと思います、と彼は独り満足げに言った。**いいですね。**

でも冬は、と母さんが言った。冬はどうなさいます？

彼はうれしげに肩をすくめた。冬眠しましょうか、と、とびきり大きな古びたシンクをいとおしそうにさわった。せっけん石、と彼は言った。子どものころ、こういうシンクで洗い物をするからせっけん石のシンクというんだと思っていました。

この男に家の中を回らせるのは難しかった。どの部屋に入っても、夢見るようにまわりを眺め、いつまでもそこにいたい様子だった。この男に対してフィリッパはいらだつ気にはなれないことがわかった。自分が大好きなものに男がすっかり魅了されているようだから。案内を終えるころには、このよそ者にわが家を渡したいとすら思いそめていた。

結局、この男が家を手に入れた。母の反対を押し切ったのだ——母は、旧友である地元の不動産業者に家を託したかったのである。男は家具の大半も手にした。一家が二十年分の夏をかけて競売で集めたヴィクトリア朝様式のがらくただ。

「がらくた」とジョン・ノウが言った。「いまだったら違いますよね？」

「ええ。アンティークね。でも、あの頃私たちはそういうことがわかっていなかったから」

「あの丸くてどっしりした馬の毛の椅子。書斎にあったおじいちゃんの大きな机。机の上にとても重たい真鍮のペーパーウェイトと、剣のようなペーパーナイフがありましたね。古時計には、松ぼっくりみたいな重石がついていて……」

「覚えているの？」

「ええ。もちろん。全部覚えています」

彼はあっさりと、大事《おおごと》ではないかのように言った。いかにも、とフィリッパは思った。十一歳のときに最後に見て以来、何もかもきわめて鮮明に、透明な琥珀に包まれて保たれているかのように記憶しているはずだ。有用性、価値、値段、負担の大きさなどといった大人の見解にくもらされることもない。彼にとって、農場はちっとも変わっていない。徐々に問題と化すことも、ついに維持できなくなることもなかった。彼女は、味わいたくもない喪失の痛みを覚えた。彼のためというよりむしろ自分のために。でっぷりした雨滴が数粒フロントガラスに当たったが、それきり止んだ。

マサチューセッツ州を走っているあいだ、目的地に向かうかのごとく、嵐にずんずん近づいているように思われた。その嵐は次第に勢力を増し、形もどんどん変えた。仮装行列のために吊られてワイヤー上を移動しているように、雲がときに二列から三列になりながら異なる速度で空を横切り、日差しのスポットライトは、丘陵のあちらこちらを転々と選びだして黄金色に照らす。バーモント州に入ると車に対する風当たりが烈しくなった。高速道路を木の葉の群れが吹かれるさまは、茶色い畑を飛ぶホシムクドリの群れに似ていた。北西の雲はくっきりした輪郭を持たず、きわめて濃い灰色からなるのっぺりしたマントで、目に見えない雨でかすんでいた。「あそこへ向かっているのよ」とフィリッパは言った。「でもバーモントまでは来た」つまらない話だと承知の上で、こう言わずにはいられなかった。「州境を越えるたびに、あの詩を思うの。**息をすれ**

ども、わが身にこう語ったことがないほど、魂の死に絶えた男がいるだろうか」

「此処こそ故郷、わが祖国」ジョンは皮肉をこめずに、本当にそうだと発見したばかりであるかのように言った。「心から願い求める国」

いつだったかエイミーが送ってきた写真をフィリッパは思い出した。十三歳くらいと思しきジョンが、ハンノキのみすぼらしい木立と名もない下生えの前に立っていた。うっすらと生えている植物をとおして、中西部のさして特徴のない地形が見えた。小枝の多い下生えに見えるのは、紙やごみ、人間の残したもの。写真の裏にエイミーは「ジョンの『森』」と、ジョンがそう呼んでいるかのように記していた。異境生活《エグザイル》。ひょっとすると地獄とは、その人が一番不幸せだった場所なのかもしれない。いやいや、甥の異説に地獄はない。「もうすぐアスカットニー山が見えるから」と彼女は言った。「いや、この天気じゃ見えないかな」

「勝手口の外に」とジョンが言った――一瞬おいて、ああ、まだ農場のことを考えているのだと彼女は理解した――「ラズベリーの茂みがあった」

「ええ」

「みっしり生えていて、ドアを開けにくいほどでした。小さな石のポーチもあった」

「ただの敷石が一段ね。あなたには大きく見えたのかもね」

「ミツバチ。それにあの茂みの香り……」

夏には何クォートも摘めるんです、と彼女は言った。日に照らされると、とってもいい匂いな

んですよ。

ええ、と言いながら男は、十一月の茶色い庭ではなく、彼女を見ていた。屋内で母親と引越し業者が行ったり来たりする足音がうつろに響いていた。**すみません、何もかも奪っているみたいで。**

馬鹿なことおっしゃらないで。男の大きな、澄んだ、よそよそしい瞳は——どうしたって馬鹿なこととの正反対だった。彼に対して怒りは抱いていないし、羨望もなかった。家をぜひ引きとってほしかった。ただ——ほんの一瞬だが、猛烈に——家をどうしても失いたくないとも思った。共有したかった。何もかも。どうしたいかというと……男はあいかわらず猫みたいにじっと悪びれる様子もなくこちらを見つめていた。すると、時間にほころびが生じた。このひとときが二重になり、この場面の背後に影の場面があった。彼が自分に、いま来て、ずっといてほしいと頼み、ここにいるよう、いつまでもとどまるよう言っている。何もかもを彼に譲り、なおかつ所有するのだと……このほころびを認識した途端、ほころびは直った。彼女は目をしばたたかせて**いいえ**と言い、台所の戸に向きなおったが、気がついたら氷の上を歩いていたかのような衝撃を受けていた。

いま、彼女はその刹那を思い出した。心臓の下で冷たい波がせりあがっていた。アスカットニー山の黒い姿が突然たちのぼってきた。嵐をもたらす雲は山頂に邪魔され、山の乱れ髪のようだった。白っぽい裂け目のような道が、そちらへ突っ込んでいるように見えた。

「それから一度も戻っていないんですね」とジョン・ノウが言った。

「ええ。一度も。様変わりしているでしょうね」

「ええ。間違いなく」

風が突如車を荒々しく押した。道は舞踏室の床のように滑らかになり、昼が夜のような闇になっていた。間違いなく、間違いなく。ジョン・ノウはポケットから長いストレートパイプを引っぱりだし、火をつけずにくわえた。「いよいよのようですね」と彼は言った。

勾配を上がり、ぞっとするような速さで下るあいだ、雨がフロントガラスを流れ落ち、何も見えなかった。彼女は銀色の闇に目を凝らし、手探りでワイパーのボタンを探した。雹《ひょう》がばらばらと降ってきて、たちまちとどろくように激しくなった。ワイパーが引っかかった。ブレーキを大慌てで踏む。車は上昇し、道路からすっと離れたように思われ、雲に覆われたアスカットニーの山頂へ滑空していくようだった——山頂がぐんぐん迫るのが見えた。踏みしめたブレーキは空中ではちっとも利かない——彼女はそう考えていた——すると山から、高さのある黒い長方形が離れ、闇から飛び出してきて、大きさを見る見る変えながら迫ってきた。

どうぞご一緒にとジョン・ノウが言ったが、その声はもはや彼の声ではなかった。**いま来ていいんです。**

いやと彼女は言い、力いっぱいハンドルを切った。二人を呑み込もうとしている黒い長方形を避けるために。

やがて車内から彼女が救出されて、両手と顔についたねっとりした血を雨が洗い落とすなか、衝撃がもたらす深くて恐ろしい沈着さをもって目にしたものは、行く手を阻まれた黒いトラックに衝突し下敷きとなって潰れかけた車ではなく、古いコンバーティブルだった。ワイパーに秋の葉をひっかけたまま、角をそろりそろりと曲がってくる。道に迷い、見出された車が、石の門柱に挟まれ、雑草がつんつんと生えている私有車道に入る。彼女が耳にしたのは、悲鳴のようなサイレンでも、**男が死んでる、死んでる**と叫ぶ声でもなく、落ち葉が一枚、大地に散らばる仲間に加わるときにかろうじて聞きとれる、かすかな乾いた音だった。

＊ウォレス・スティーヴンズ「日曜の朝」は、亀井俊介・川本皓嗣『アメリカ名詩選』（岩波文庫）より川本訳を引用し、ウォルター・スコットの詩については、佐藤猛郎『ウォルター・スコット　最後の吟遊詩人の歌　作品研究』（評論社）を参考にしました。ここに記して感謝いたします。（訳者）

訪ねてきた理由

畔柳和代訳

The Reason for the Visit

彼女の背は、想像していたほど高くなかった。二人で並べば彼女がぐっと高いだろうと私はずっと思い描いていた。たしかに、「背が高い」と常に説明されてきた人ではある。しかし、われわれの想像の中できわめて大きな人々が、生身となると想像上の大きさに到底及ばないことも同じくらいたしかなことだ（ただし厳密に言えば、このたびの彼女は生身だったとは言えまい）。彫りの深い大きな造作。長い手。体の部分——手と手首、眉と口、あごと胸骨——が離れているように見えること。それらはすべて、私がかねてから想像していたように、並はずれて背が高い人に相当していたが、何もかもが小ぶりだった。まるで彼女が遠く離れていて、だんだん近づいてくるさまを見ているようだった。

「こんにちは」

「こんにちは」

私はさっとあいさつできる程度には落ち着いていた。もしも私がこのように彼女を突然訪問したならば、彼女もやはりこんなあいさつをして、われわれを待ち受けている、避けては通れぬ狼狽を束の間ふせごうとしたであろう。紅茶を一杯いかがと申し出ると、いただきますと彼女は言った。しかし、彼女がキッチンまでついて来て、拙宅（ニューヨークのごく普通のアパート）の目に映る部分について早くも驚嘆しているとき、私の家にインスタント紅茶しかないことが判明した。

「これはアイスのほうが美味しいんです」と私は言い、茶色い粉末が入った奇怪な大ビンのことは軽く流そうと努めた。猛暑が続いた一九四四年の夏に父がアイスティーをイギリスに導入しようとして徒労に終わったことを覚えている。いや、それ自体を覚えているのではない。当時、私はまだ二歳、ワシントン・スクエアに住んでいた。父がこの話をしていたのを覚えているのだ。ラム酒を入れるとよさそうですな、と父は言われたのだ。

「アイス？」そう言いながら彼女はコンゴウインコのような目を見開いている。私はアイスティーについて説明した。驚嘆している表情が実は見せかけで真正な衝撃を食い止めるためのものか、それともまことの衝撃か、見分けがつかなかった。驚きが見てとれたのは、冷蔵庫の中で小さな明かりがついたときと、紅茶にレモン果汁をしたたらせるために私がレモンの形をしたプラスチックを握ったときだ。プラスチック製のレモンは実に気が利いていると彼女は言った。一瞬、彼女に対して心の底から、筋違いのあわれみの念がわいた。私はペパリッジファームのパンでマヨネーズサンドウィッチを作った。「実にたくさんのものをさまざまな瓶から出すんですね」と彼女は言った。

二人でお茶を飲んだ。私の予想では、彼女は——訪問客であるからして——口数が少なくなり、何を言っていいかわからなくなるはずで、説明やら疑問点に関する解説や比較対比やらは私の責任であると考えていた。ほかの客人たちに対して、それは私の責任と思われた。例えば、ジョンソン博士にはエレベーターについて説明した（私たちがいる小部屋が上昇したとはどうしても納得してくれず、自分たちが小部屋に入れられている隙に背景が素早く転換されたとなおも信じていた）。マックス・ビーアボウムに対して主張したのは、私が黄ばみかけた南国向きスーツと俗な黄色いアロハをまとっていても、人からなかなかのおしゃれだと見てもらえること——ちょっとした洒落者とすら見なされることだった。とはいえ結局この客たちは空想の産物だった。今回の訪問は彼女が主体で、彼女が質問を投げかけ、私の口数が少なくなっていた。

いつだって他人の状況や暮らし方に興味津々の人だった。私は彼女の問いかけに慎重に応じ、自分の暮らしのなかで彼女が理解しようのない点については、はぐらかそうと努めた。大学教育を受けていないことを痛感している人である。私がまともな学校に行ったくせにオウィディウスを読み終えていないばかりか内容すらほとんど覚えておらず、それでも読もうと試みただけ奇特だという事実には開いた口がふさがらない様子だった。かくも節穴だらけの教育でも、私が生きる世界では幅広いと見なされ、実に深遠とすら見なされていることはあえて伝えなかった。彼女の前にいるだけで大馬鹿者の気分だったから、それを丸出しにする愚は避けたかった。

私の返答をもとに、彼女は私の人生を紡ぎだしにかかった。彼女が会って間もない人々に対してひんぱんに行なっていたと誰もが言うとおりだった。ただし私については、自分がよく知らない時代と場所も創り出さなくてはならない。さきほどのプラスチックのレモンとインスタント紅茶――「ちっともまずくありませんよ、本当に」と言いながら、ほとんど口をつけていなかった――に彼女は想を得て、現代社会は観想的生活者に簡素で自由気ままな暮らしを提供しており、召使や厄介な人づきあいを無用とし、その分ほかの衝動を咲かせようとしていると考えた。冷蔵庫の中の明かりについては、物思いをして心ここに在らずでたたずむ詩人に、いまのぞいているのは洋服ダンスではなくて貯蔵庫だと気づかせるためにあるとすら論じた。それは見事な飛躍だった。かなり外れていますと具体的に説明しようなんて、私は思いもしなかった。過去における彼女の観点から思い描かれる鮮明な未来を、私はひたすら愉しんだ。その未来は、彼女のいた過去および彼女の観点と合致し、今後実現することは決してないし、これまでだってなかったものだ。

「エッセイに書いていらした、ロンドン上空を飛んだ話のようです」

「そう。どんな点が？」

「最後になって、実は飛んでいなくて、単なる想像だと明かされるところです」

「あらま。実際の感覚に、あの書き方は合っていましたか」

「いえ、ぴったりというわけでは」

「あら、そう」

沈黙が訪れ、彼女は煙草を巻いた。架空の客と実体をもつ客の違いは、架空の客が相手であれば訪問のきっかけが何であれ、前置きも狼狽も抜きにしてそれにずばりと切り込めることだ。エレベーターがジョンソン博士をもたらした。エレベーターの解説がなされ、博士がその説を採らずに自説を採用すると訪問は終わった。だが彼女と私は、気まずい沈黙のなかで向かい合っていなければならない。説明もしくは無視すべき世界に囲まれて、どちらかを選ぶよう迫られる。彼女は反り返り、枝編み細工の長椅子の小枝がかすかにうなった。彼女はきれいな手の一方を着古したグレーのカーディガンのポケットに突っ込んだ。丸く結った髪はほどけかけていた。私は絹の靴下の光沢という点に興味をひかれた。写真で見るとうっとりさせられるその光沢と、現実における絹の靴下の光沢が同じように見えるのだ。それでいて、まったく異なってもいる。彼女は口を開き、ほとんど独り言のように、夢見がちに、今回自分が訪れた理由を推し量り、考えはじめた。

彼女が立てた――至極もっともな――説によれば、彼女は本来属していた歴史上の時点から脱け出し、自らの〈不滅〉もしくは骨壺葬に逃れてきた。大作を脱稿するたびに発する熱狂的な分裂、迫りくる狂気の一種を脱し、その作品も一助となってやがて得られるであろう穏やかな不変に逃げ込んだというわけだ。行き着いた国――この国――がどこであろうと、時代――いま――

がいつであろうと、それはどうでもいいことだ。「いつかランプが粉々になり、あらゆる頁が黴でひっつくときまで、それはどうでもいいことですし――でもいざそのときが来れば、自分もそこまでで終わりでしょう？　そのときまで、このまま何も変わらない。なんて安らぐことでしょう。望んだことですもの。そうなるよう準備を重ね、追求してきたものなのです――恐ろしい渇望や不満の中から創りだしていたのよ、これを作っているときっちりわからないまま――でもそのあいだずっと、これ以外、ほかに理由なんてなかったのね。こんな仕組みだなんて愉快で奇妙だこと……」

とはいえ、安らいでいる様子はなかった。多くの写真に見られるように、この人の休息は、大いに活発な休息だ。一瞬静止した蠟燭の炎のごとき静けさである。この人は勘違いをしていると私は思った。勘違いしていると私は知っていた。彼女のきらめく果敢な瞳は私の蔵書の背表紙をざっと見たが、そこにあると彼女が考えてしかるべき幾冊かはそこにはない。ここが難しい。ある意味、私はこの人をよく知っている。だが彼女の著作に対する理解はそれには及ばない。あの燈台に自分が一度でもたどり着いたかどうか、思い出すことができない。たどり着いていれば覚えているはずだろう。私が読んだのはエッセイ、小伝、レナードが著した回想。そして、書簡、日記などである。私はこの人の友であって、愛読者ではなかった。この人の永遠性は――少なくとも今回訪ねてくれたことは――彼女が大きな壁龕《へきがん》に据えた完璧な壺の数々にあるのではなく、彼女がいつかは死ぬ身だったことにこそかかわっている。

「あのう、『無名人伝』を楽しんでいます」と私は言った。「何度も読み返しています」

「あらそう？　読み返すのは面白いわね」

「ある意味、お書きになったものの中で最高ではないかと思います」

「小説ではなくて？」

「ええと、実は――全作品に詳しいわけでありません。残念ながら」

「そうなのね」

おそらく私は赤面したのだ。彼女の表情は相変わらず礼儀正しく関心を示してくれたし、たいそう親切だったが、それはたちまち仮面に変わっていた。激しい落胆を隠すべく間髪を入れず着けたのだ。

ああ、いまは失われてしまった、古きよき礼儀作法よ！　同席しているあいだ、こちらは礼儀知らずの野暮天の気分にならなくていいのだ。途方に暮れなくていい。彼女の控えめな愛想のよさの度合い、幅、奥行きに引き比べてわが身の至らなさを省みなくていい。何かが失われたら、前のものとどんなに違おうと、同等の価値を持つ新しいものにかならず差し替えられることは充分承知している。私の人生が、彼女の想像を絶する充足に満ちていることも承知している。だが懐旧の念《ノスタルジア》――それが私が味わっている苦痛の正体である――は、そんなことは意に介さない。懐旧の念とは、取り返しのつかない喪失にひたすら苦悩することだ。とりわけ、手に入れたことのない物の喪失に。なるほど！　今回の訪問がなされた理由が見えてきた。

「あの海辺の小さな田舎の図書室」と私は口を開いた。「回想録や伝記を発見なさった所です。人はほとんどいません。何人かがウェズリアン・クロニクル紙を読みながらうたたねしている。丸石を敷いた道を行くニシン売りの掛け声が窓から届く。ごく普通です。でも、おわかりでしょう。もうあの小さな図書室はありませんし、ああいうところはなくなりました。私の世界にはまったく息づいていません。それなのに私はそれを見て、感じて、においをかぐことができる。蜜蠟で磨いた木にさわり、頁をめくる音が聞こえる。あなたが書いた、簡潔であっさりした数段落のおかげで、身体ごとあちらへ運ばれるのです。いくつかの回想録を読んであなたが古い牧師館や田舎道に運ばれたように。

物事がどんどん変わっているんです。ええ、そうですよね。移り変わりがめまぐるしいと、やはり思っていらしたのですよね。でも信じてください。いっそう速まっているんです。想像を絶するほど。物理的な世界の少なくとも人間が作った部分は、数年で総入れ替えされているように感じます。ですからあなたの人生や、時における位置、その時代がもたらす感覚、世界があなたの裡に引き起こした種々の思いが、私が理解できる限界です。実体験では間一髪届きませんが、いまでも十全に感じとることができるように思います。あなたが育った頃、世界はもっとゆるやかに変わっていたので、過去にまつわるあなたの感覚――昔の人々の感覚をめぐる体験――が私よりも幅広く、もっと遠いものまでつかめた。たった三、四十年前の手ではなく、百年前の手にも触れることができた。あなたが過ごした時代の百年前、車輪はきわめてゆっくりめぐり、物理的な事柄が変わる速度は肉眼ではわからないほどゆるやかでした――つまり、一八二〇年に牧師館の客間に漂っていた暖炉の火の香りは、同じ部屋で一七二〇年や一六二〇年に暖炉から出ていた香りと同じでしょう――あなたが触れた手は、大昔に原初の火を囲み、太古の変わらぬ輪でつながれていた手に触れえた手に触れているのです」

この激白に彼女は口をはさまなかった。彼女の心はなんだか離れてしまったように思えた。両手は膝に置かれていた。その白い長い手についてロザモンド・レーマンはこう述べている。ヴァージニアが手をあたためようと暖炉にかざすと、手はほとんど透き通っているようで優美な骨が皮膚ごしに見えそうだ、と。だが、ここに暖炉はなかった。

それきり私たちは黙った。まもなく、彼女が無理をしてやしないかと心配をしてレナードが迎えにきた。

彼女が去ったあと、部屋にその残り香が長らくとどまった。ジャーミン・ストリートの店舗でほとんど行き当たりばったりで選んだ香水である。匂いで選んだのではなく、すてきな名前だから選んだ香り。どんな香りか示すために、手首の内側の青い静脈が打つ部分にためしにつけてもらう手数を店員にかけたくなかったのだ。それに閉店前に行かねばならぬ近所の店がもう一軒あるから、まず店が建つ通りを思い出し、この通りとその通りがいかに交叉するかも思い出さなくてはならない。ペンを売る店で、そこでなら自分だってもっと具体的に注文を伝えうる。つまりそこなら自分も注文がある。オックスフォード・ストリートにたたずみ、肌理《きめ》の粗い紙をわたっていく真新しいペン先のごとくロンドンの空気を切り裂く初秋の新鮮な息吹に妙な興奮を覚えながら、レナードに電報を打とうと思い立つ。やっぱり予定を変えて、ロンドンにとどまってレディー・コールファクスのパーティーに行くことにしたと知らせよう。パーティーの様子を思い描くこともできた。こっくりした色の木の額にふちどられた、ランプに照らされた団欒図。広い客間に似たような冷静な若者たちが礼服姿で立っている。黒いサテンの襟と同じぐらい髪も瞳も黒い。けれども——ふと周囲の人ごみに気づくと、水の流れが石に当たって割れるように、人の群れも彼女まで来ると分かれ、流水と同じく謝罪の言葉をつぶやいている——いざ電報を打つとなれば電信局および非難めく空白の用紙に対峙せざるをえないし、電報で言いたいことをはっきり言えた例《ためし》がない。いや、長い夕暮れのうちにやはり約束どおりロドメルに帰ろう。明るいうちに駅から帰れるだろう。今年はまだマンクスハウスの塀越しに心引かれるおびただしさで垂れている薔薇の数知れぬ花びらの名残が舞い落ちつつある小道を、ランプの光がきらめく戸口へ向かって歩こう。明日ヴァネッサが息子たちを連れて来るだろう。庭でみなが日曜の新聞を読むあいだ、レナードは思案顔で草取りをするだろう。書かねばならぬ手紙もあるし、「お茶が終わってから夕飯までの一時間。いろんなことができそうな気がするどころかすでに成し遂げたかのごとく思えるひととき」に、新作のおぼろな形が浮かぶだろう。さらば、ヴィクトリア駅へ。あの広い煙たい空間。小さな切符。ほかに誰もいないかもしれない、空気がよどんでむっとする仕切り客室に。

体の向きを変え、方向を定めつつ彼女は、〈時〉は壮大な円錐状の螺旋だと感じた。上昇しつつ締まっていくのだ。猛烈に静止した即時性に向けて、引き締まっていく。時間は短縮しうる、実に簡単に。自分は時間を一点にだって圧縮できる。あらゆる時間を最小の範囲に圧縮できる――一日や一晩にも――いや、たったの一時間や、頭が向き直る刹那に。目の大きい頭が、向きを半ば変える、一度きりの動作のあいだにも。

みどりの子

畔柳和代訳

The Green Child

これは〈コグシャルのラルフ〉と〈ニューバラのウィリアム〉が記録している話である。どちらも、自分たちと同時代、つまり十二世紀半ばにウェストサフォークで起きたことだと述べている。

ウルフ・ピッツ（狼の穴）と呼ばれる土地の、ある穴の口で、村の女が二人の子どもに遭遇した。少女と、年下の少年である。人々はみなウルフ・ピッツのことは知っていたが、あぶなくて不吉な場所だと見なされていたので穴の中を探検した者はなく、穴の深さも穴がいたる先についても知る者はいなかった。二人の子どもは日差しに目をしばたき、うすい色の瞳はこの世に向けて開かれたばかりであるかのごとくぼんやりとしていた。二人とも外見から思しき年齢に比べてずいぶん小柄で、肌はみどり色だった。夏の夕暮れどきの空の端の、淡く、美しい、きらめくみどりだ。

それまで羊の毛を集めていた女は毛の玉を落として十字を切り、〈凶眼〉と〈妖精たち《グッドピープル》〉に対抗する身ぶりもした。子どもたちは女をじっと見ていたが反応はまったく示さず、それらのしぐさが自分たちに向けられていることもわかっていないようだった。この子たちはみどりで妖精の色だけど、ただの迷子かもしれないと女は思い、二人に近づいて名前を尋ね、どこから来たのかと訊いた。二人はあとずさりをし、少年は穴に駆け込もうとした。それを少女がつかまえて、行く手をふさいで話しかけた。女にはわからない言葉だった。少年は首をふり、大声を出し、少女の言うことを信じていない様子だった。少女は穴の口から彼をがばっと引き戻し、きっとした口調で語りかけた。すると少年はしくしく泣きだした。涙の雨だった。姉の方は――姉と弟だろうと女には思えてならなかった――少年の涙を封じようとするかのようにひしと抱きしめ、助けを求めてか、おびえてか、あるいはその両方ゆえだろうか、大きな、うすい色の瞳を女に据えた。

ふびんさが、驚きに勝った。女は子どもたちに近づいて、こわがらないよう言い聞かせ、迷子なのかと尋ねた。

「はい」と少女は言った。普通とはちがう話し方だったが、なんとかわかる範囲だった。「はい。まいご」

女は二人を連れて帰った。少年はあいかわらずしくしく泣いていて家に入りたがらなかったが、少女がさきほどのように荒っぽいけれど庇うような動きで中に引き入れた。少年はまだぐずついてはいたものの、屋内の暗がりのおかげで二人とも落ち着いたようだった。女は食べ物をすすめた。おいしいパンと碗に注いだ牛乳だったが、二人は激しい嫌悪感もあらわに拒否した。そこで女は人手と助言を求めて出かけることにした。身ぶり手ぶりを交えて二人にそっと話しかけ、ここにいていい、休んでいなさい、すぐ戻るからと伝えた。何か食べたくなったときのためにさきほどの食べ物を二人の手の届く範囲に置いてから、女は急いで近所の人たちや司祭を呼びに行った。自分が戻るころにはみどりの子たちが消えてやしないか、自分の持ち物が全部なくなってやしないか、家が丸ごと消えてやしないか、ずっと気がかりだった。

しばらくして女が戻ったときには、妖精博士《フェアリー・ドクター》として知られていた、発作を治せる織工とその妻を伴い、そしてたまたま顔を合わせた数名も一緒だった。司祭は寝ていたため、そこにはいなかった。みどりの子どもたちに会いにいく一行のうしろで村の犬が何匹か吠えていた。

女が家を出たときとまったく同じ状態で子どもたちはベッドに腰かけて互いにしがみつき、みどりの素足がぶらさがっていた。妖精博士が持参した聖なる蠟燭のかけらをともすのを見ても二人は飛び上がらなかった。ひたすら静かにおののき、人目を避けたがる野生動物のように、自分たちを戸口と窓から見つめている面々を眺めていた。室内の暗がりで二人はハチミツのようにほんのり光っているようだった。

「なんにも食べないんだ」と女は言った。「豆をおやり」と妖精博士が言った。「妖精は豆を食う」

少なくともこの点に限れば、この子たちは妖精だった。女が豆をあたえると腹を空かせた様子でもりもり食べたが、それ以外の食べ物はなおも拒んだ。

どこから来たのか、ウルフ・ピッツまでどうやって来たのかという問いに子どもたちは一切答えなかった。元の場所に帰れるかと問われるとひたすら泣いた。少年は号泣し、少女はしぶしぶと言えそうな泣き方で顔はこわばり、両手を握りしめ、きらめく瞳をふちどるまつげには涙がかかって震えていた。だがやがて夕暮れどきが訪れて人々が去り、少年が悲しみに疲れて眠ったあとで、女は親身な問いかけを重ね、少女のひんやりしたみどりの手を取って、二人の身の上を聞くことができた。

地下の国から来ました、と少女は言った。そこではずっと夕暮れです。「こんなふうに」と少女は言いながら、屋内の陰影と、戸口と窓から見える、刻々と色を深めつつある夕暮れどきの青さを含める身ぶりをした。戸外で眠たげに語らう鳥や木の葉にこもる夕風の静寂も含めていたのだろうか。涼しい国です。真夏でさえ吹き寄せてくる風がウルフ・ピッツから吹いてくることを村人たちは知っている。その涼やかな息吹は、少女の国の吐気なのだ。ふるさとの人はみな私と同じ肌の色をしています。だから太陽の耐えがたい輝きがこわいのと同じくらい、あなたの奇妙な色もこわかったんですと少女は語った。

少女と弟は羊飼いの子で、二人で迷える子羊を探しに出かけた。だが自分たちも道に迷ってしまい、長いことおびえていたら遠くで鐘の音が聞こえた。二人で音をたどり、あの穴の出口を見つけた。

うちに帰るのかい？　女は尋ねた。いいえ、帰れません。あの国の出口はどれも入口ではないから、と少女は言った。きっとそうです。なぜかは説明できないけれど。来た道を帰ることはできません。弟は信じてくれないけれど、そうなんですと少女は言った。

すでに夜になっていたので、女はもう一度少女に牛乳の入った碗を差し出した。すると少女は一種の畏怖とともに碗を受けとり、ミサのぶどう酒であるかのごとく注意深く口にした。碗を女に返すと、少女は手の甲で口をぬぐった。おびえながらも決然とした顔つきは、あえて毒を飲んだかのようであった。女はベッドに少女と弟を寝かしつけ、自分は床の上で丸くなった。夜中に少年が目を覚まして泣いているのが一度ならず聞こえたが、少女は二度と泣かなかった。その後また泣いたかどうか思い出してみようと女は後年顧みた。少女が再び泣いた記憶は、一度たりともなかった。

朝になり、司祭が訪ねてきた。司祭は子どもたちにじっくりと質問を重ねた。少年は姉のかげに隠れて黙っていたが、少女は前日ほど口ごもらず、あの奇妙な話し方で、前の晩に女に語ったことを述べ、本当ですとおずおずと主張した。司祭は少女を巧みに追いつめて、二人が悪魔の手先であり、小さな悪魔そのものか、人間に道をあやまらせるべく悪魔が造ったものだと白状させようとしていた。子どもたちは司祭の十字架にも、司祭がガラスの小瓶に入れて運んできた聖人たちの聖遺物にも、おびえなかった。ただ、救世主や教会、天国と地獄について司祭が尋ねる質問に、少女はひとつも答えることができなかった。ついに司祭は両手で膝をぽんと打って立ち、この子たちが誰であるかも何であるかも見当がつかないけれども、少なくともカトリック教会の洗礼を受けさせなきゃならんと言ったので、子どもたちは受洗した。

少年はいつまでも慰めようがなかった。豆以外の食べ物は口にせず、豆はたらふく詰め込むが、滋養を得ている様子はなかった。姉にしか話をせず、姉以外の人には理解できない言葉を使った。少年は見る見るやつれていった。衰弱はあきらかなのに、姉は決して弟の看護を他人にゆだねなかった。女にもまかせず、妖精博士には断じて許さなかった。ほどなくして少年はすすり泣くこともしなくなった。ある夜更けに少女が女を起こし、弟が死んだと涙も見せずに告げた。しばし黙想し、祈りをささげた司祭は、少年を聖なる地に埋葬してもよかろうと判断した。

少女はその後も女と暮らした。この女は、子のいない寡婦だった。少女は人間の食べ物を苦もなく食べられるようになり、時が経つにつれてみどり色はほぼ抜けたが、あいかわらず瞳は大きくて謎めく黄金色で、猫の目のようだった。体はついに人並みにはいたらず、いつまでもたいそう小柄で、かぼそく、実体のない感じがした。女の家事を手伝い、村の羊を追い、日曜日と聖人の祝日にはミサにあずかり、村の行進や祭に参加した。悪魔につながるしるしはないかと司祭はなおも注視していたし、少女がみだらで慎みを欠き、どんな少年でもきちんと頼みさえすれば生垣の下で少女と事に及べるという噂をたびたび耳にした。しかし、その種の噂が立ってもおかしくない者は、この村でこの少女一人ではなかったろう。

少女が居続けてくれて、弟とちがって病に臥さなかったことに女は感謝し、少女の遠いふるさとやそこでの出来事について訊ねなくなったが、多くの人々が少女の話を聞きたがり、かなり遠方からも質問をしにやって来た。少女は一張羅をまとって全員に会った。彼女が炉辺にすわって何度も同じ話をしているうちに多少尾ひれがついた。ふるさとの守護聖人はセイント・マーティンで、国の名前はセイント・マーティンズ・ランドと言いますと少女は話した。そこに暮らすみどりの人たちはキリスト教徒で、われらが救世主を礼拝していますが、安息日は土曜日で、ユダヤ人と同じ日です。ふるさとの国境には大きな河が流れ、河の向こうに明るい国がありました。そこを旅してみたいとずっと願っていましたが、決して届かない国でした、と。この明るい国について語るとき、少女のうすい色の瞳がときおりうるんだ。女は老女となっており、そんな話に耳を傾けながら、司祭が家に来るまで少女は宗教を知らなかったことを思い起こし、これらの物語が、ふるさとである遠い暗い国にまつわる真の思い出の代わりではないかと思った。夕暮れ色が肌から失われたのと同じように、時とともに失われた思い出の。

記録によれば、みどりの子はのちにレンナにて某氏と結婚し、「その後も息災に過ごした」。相手の某氏の人となりや、少女がいかなる妻になったかに関する記録はない。この結婚が子をもたらしたかどうかについても記述はない。子どもがいたのなら、母親がセイント・マーティンズ・ランドと呼ぶ国の血が流れているためにその子どもたちが異彩を放ったかどうかに関する記録は残ってない。子どもがいて、さらにその子孫もいて、どこかにあるみどりの国ならびに大河の向こうに垣間見られた彼方の明るい国が、凡庸なるわれら人類になんらかの形で入り込んでいたとする。それもきっといまではすっかり薄まり、日光と赤い血にからめとられ、かき消され、もはや我々の中にはみじんもないも同然であろう。

以上のことについて〈ニューバラのウィリアム〉はスティーブン王が治めた時代のこととし、最初は信じられなかったが、のちにあまたの証言により真実であると信じざるを得なくなったと述べている。

雪

畔柳和代訳

Snow

ジョージーがそれを自分で買うなんてことは、あり得なかったろうと思う。感傷に浸る人間ではなかったし、死というものにいくぶん畏敬の念を抱いてもいたから。ジョージーではなく、最初の夫――たいへんな金持ちで、ジョージーの言によれば「妙に涙もろい男」――が彼女のために買ったのだ。というか、自分のために買ったという方が正しいだろう。彼が受取人になる予定だった。ところが、取りつけ（という言い方が正しいかどうか定かでないが）が済んでまもなく夫が先に死んでしまった。彼の死後、ジョージーは相続した遺産の大半を処分し、金に換えた。あの結婚で彼女が一番気に入っていたのは、何といっても現金だったのだ。だが、「ワスプ」（ハチ）は追い払いようがなかった。ジョージーはそれを無視した。

　事実、それは最大級のハチほどの大きさで、ハチ同様、だらだらと行き当たりばったりの飛び方をした。それにもちろん本当に「バグ」なのだ――昆虫《バグ》ではないが、監視器《バグ》ではある。それゆえ、あらゆる面から見てぴったりの名前だった。世界が図らずも生みだす、偶発的な詩のひとひらだ。死よ、汝の針はいずこ？

ジョージーはワスプを無視したが、相手は何とも避けにくい代物だった。近くにいるときは、それなりの用心が必要だった。それはジョージーとの間隔を随時変えながら、彼女について回った。ジョージーの動き、まわりにいる人数、明るさ、彼女の声の調子などに応じて間隔が変わるのだ。しかも、そいつをドアで閉じ込めてしまったり、テニスラケットで叩き落としてしまったりする恐れがつねにあった。全額前払いのアクセス料と永久保守料を含めればべらぼうな大金がかかっているわけであり、実はそうもろい作りではないものの、こっちはやはりびくつかずにはいられなかった。

ワスプは常時記録を取っているわけではなかった。たいした量ではないが、作動には一定量の光を要した。暗闇では自動的にスイッチが切れた。ときおり迷子になることもあった。あるとき、しばらく見ないと思っていたら、クローゼットのドアを開けると、前と変わらぬ姿で飛びだしてきた。ブーンとうなりながら、彼女を探しに飛んでいった。何日間も閉じ込められていたに違いない。

やがて、その力が尽きた。壊れたのかもしれない。いつどこが故障してもおかしくはない。あれだけ小さな回路が、あれだけ多くの機能を制御しているのだから。最後の方は、寝室の天井にぶつかっていることが多かった。冬のハエのように、トン、トンと何度も軽くぶつかっていた。

と、ある日メイドが床を掃いていたら、たんすの下から動かなくなって出てきたのだ。それまでに、少なくとも八千時間分（最低保証期間が八千時間なのだ）のジョージーを伝達済みだった。彼女の一日一日、一時間一時間、出かけたり帰ってきたりする姿、言葉や動き、生きた彼女そのもの——そのすべてが、ほとんど場所も取らずに「パーク」にファイルされている。やがて時が来たら、「パーク」へ行けばいいのだ。たとえば日曜の午後、（「パーク」の売り口上によれば）静寂に包まれ、美しく造園された環境で、彼女専用の個人安息室を訪れる。そして、最先端の情報保存と検索システムの奇跡を通して、一人きりで彼女にアクセスできるのだ。生きている彼女に、どこから見ても生前の彼女そのものの姿にアクセスする。いつまでも変わりも老いもせず、（「パーク」のパンフレット曰く）永久《とわ》に色あせぬ記憶よりなおいっそうみずみずしい姿に。

私は金目当てでジョージーと結婚した。彼女が最初の夫、つまり「パーク」と契約を結んだ男と結婚した理由と一緒だ。彼女が私と結婚したのは、私の容姿ゆえだろうと思う。彼女はいつだって面喰いだった。私は小説家を志していた。それで、ふつうは女の方がよくする打算が働いたわけだ。裕福な妻に支えられ、養ってもらえば、ものを書く自由が手に入るし、「自分を伸ばせる」だろうと考えたのだ。そうした女たちの計算がたいてい外れるように、私の場合もうまくいかなかった。私はタイプライターといろいろな用紙を入れた箱をイビサからクシュタートへ持ち歩き、クシュタートからバリへ、そしてバリからロンドンへ持ち歩き、海岸でタイプを打ち、スキーを覚えた。私のスキーウェア姿をジョージーは気に入っていた。

当時の美貌があらかた消えてしまったいま、かつての自分を、セクシーさがとりえの若い男として振り返ることもできるし、ある意味で珍しい存在だったこともわかる。またしても男に少なく女によくいるタイプだ。すなわち、みずからの美貌に気づいていない美貌の人間。自分が女性の心を深く動かすこと、ほぼ瞬時にそうなることには気づいているが、なぜそうなるかはわかっていない。相手が自分の話を聴いてくれているんだ、理解してくれているんだと思い、自分の魂を見てもらえていると思っている。実のところ相手の目に映っているのは、長いまつげにふちどられた目であり、たくましい、角張った、日焼けした手首が、煙草の火をもみ消そうと魅惑的にひねられる様子なのだ。勘違いしてしまうのも無理はない。ようやく私が、なぜ自分がかくも長いあいだ甘やかされ、面倒を見てもらえて、話を聴いてもらえたのか、要するに自分がどうしてそんなに関心を持たれるのかを理解したころには、私はもう昔ほど関心を持たれなくなっていた。それとほぼ同時に、自分に作家の才能がまるでないことにも気づいた。ジョージーにとっても、彼女の投資対象は前ほどうるわしく見えなくなっていた。私の計算はとっくの昔に合わなくなっていた。ただそのころには、予期せぬことに私はジョージーを深く愛するようになり、同じくらい意外なことに彼女の方も私を愛し、必要とするようになっていた。もともと他人を必要としない人間にしては、かつてないほど私を必要としてくれたのだ。彼女が亡くなる前の数年間、私たちは一度も顔を合わせなかったが、本当の意味で別れてはいなかった。明け方とか、午前四時とかによく電話がかかってきた。あれだけひんぱんに旅行をしていたのに、地球が回り、それとともにカクテルアワーも動いていることを彼女はどうしても把握できなかったのだ。

彼女は型破りで、浪費家で、陽気な女で、悪意や定着性や野心はみじんもなかった。すぐに満足し、すぐに退屈し、いつも滅茶苦茶なペースで生きているくせに妙に落ち着いていた。彼女はいろいろなものを大事にし、失い、忘れていった。物も、日々も、人も。だが、彼女は楽しんで生きていた。彼女と一緒に私も楽しんだ。それが彼女の才能であり、宿命だった。それはつねに容易な宿命ではなかった。ある日ニューヨークのホテルで、二日酔いだった彼女が、突然降りだした雪を巨大な窓から眺めながら、私にこう言った。「チャーリー、あたしいつか楽しみすぎて死んじゃうわ」

そのとおりになった。オーストリアの雪山で狩りをしていた彼女は、スピードボート並みに足の速い静かな獣ユキヒョウをいち早く手に入れた一人だった。カリフォルニアにいた私に、アルフレードが電話をかけて知らせてくれたが、距離が遠いのと、訛りがきついのと、自分のせいではないと彼が強調したがることもあって、詳細はわからずじまいだった。私はまだ彼女の夫で、一番の近親者で、まだわずかに残っていた財産の相続人であり、「パーク」のアクセス・コンセプトの受取人でもあった。幸い「パーク」のサービスには、彼女の遺体をクシュタートの死体保管所から引き取り、「パーク」のカリフォルニア支部にあらかじめ割り当てられた部屋まで輸送することも含まれていた。私はただ、貨物機に乗ったジョージーがヴァン・ナイズに到着したときに書類にサインし受領を確認するだけでよかった。「パーク」の代理人はひどく気を遣ってくれて、ジョージーにアクセスするにはどうすればいいかを丁寧に説明してくれたが、私はちゃんと聞いていなかった。私も時代の子に過ぎないということだろう。死に関する何もかもが、死という事実も、遺体の運命も、死と直面する生者たちの状況も、私にとってはグロテスクで、気まずい、空しいことに思えた。そして、死をめぐってなされることすべてが、死をいっそうグロテスクに、いっそう空しくしてしまう――愛していた人が死んだのだから、埋め合わせにピエロの恰好をさせてくれ、さかさまにしゃべらせてくれ、高価な機械を買わせてくれ……。私はロサンゼルスに帰った。

一年かそこらして、ジョージーが借りていたいくつかの貸し金庫の中身が弁護士から届いた。証券などに混じって、小さな鋼鉄の箱がひとつあった。なかはビロード張りで、鍵がひとつ入っていた。鍵の両面に深い切り込みがあり、頭の部分はなめらかなプラスチックで覆われ、高級車のキーのように見えた。

そもそも私は、どうして「パーク」に行ったのか？　それまですっかり忘れていたから、というのが一番の理由だろう。郵便で鍵を受け取るのは、古びたスナップ写真の束がたまたま出てくるようなものだった。撮りたてのころは見る気もしないが、古くなれば現実は含まれなくなり、それゆえ過去を内包するに至る。私は好奇心をそそられたのだ。

「パーク」とそのアクセス・コンセプトがたぶん、金持ちをダシにしたよくある残酷なジョークだろうということは充分承知していた。三十年前に流行した人間冷凍術と同じで、金では買えないものを買えるという幻想を保つもの。あるときジョージーと一緒にイビサにいて、やはり「パーク」と契約を結んでいるというドイツ人夫婦と出会った。彼らのワスプは聖霊のように上空を漂い、二人をこのうえなく自意識過剰にしていた。彼らはまるで、子孫たちのために保存されつつある永遠に続くショーの稽古をつねに行なっているみたいに見えた。ファラオさながらに、彼らの死が生を占拠していた。あの人たち、寝室からワスプを締めだすのかしらね、とジョージーは言った。それとも、ワスプがいるおかげでもっと頑張れて、不滅の愛と見事な精力の証《あかし》を後世に残せるのかしら。

いや、死はそんなペテンにはかからない。ピラミッドによっても、生涯ミサを捧げても死をだませはしないのと一緒だ。これから私が出会おうとしているのは、死から救われたジョージーではない。それでも、彼女の人生のうち私と過ごした八千時間が残されている。それは、私の穴だらけの記憶よりずっと丹念に保存された純粋な時間だ。ジョージーは自分の寝室から、私たちの寝室からワスプを締めだしたりしなかった。それに、誰のためだろうと演じることのなかった彼女が、ワスプのために演じようなどと思いつくはずもない。そこにはきっと私の姿も映っているはずだ。たまたまワスプの視界に入った私がいるはずだ。何千時間ものなかには、数百時間分の私も含まれているに違いない。それはちょうど、私にとって自分自身が問題になりだしていたころだった。自分という存在が、解きあかすべきもの、いろいろと証拠を集めて検討せねばならないものになりだしていた。三十八歳のときだった。

そこで私はその夏、知人の郡弁護士からハイウェイ・アクセス許可証《パーミット》（当時のＨＡＰｐｙカードである）を借り、「パーク」まで沿岸の高速道路を走った。「パーク」は海岸沿いの美しい道の行き着く先に、海を見下ろしてぽつんと建っていた。その外観は、イタリアの田舎にある最良の、このうえなく安らかな雰囲気の墓地を思わせた。低い壁には化粧漆喰が塗られ、その上にいくつもの壺が載り、全体がシダレイトスギに囲まれていて、中央にはアーチ形の門があった。門には小さな真鍮の飾り板がついていた――「ご持参の鍵を挿入してください」。門が開くと、日陰に覆われた墓石の並ぶ区画ではなく、下向きに傾斜している通路があった。墓地の壁は見せかけなのだ。一切合切は地下にある。静寂、というか静寂に似た特定しようのないバックグラウンドミュージックがその場を包んでいた。私以外、あたりには誰もいなかった。必要な技師たちは周到に隠してあるのか、あるいは技師など不要なのか。たしかにアクセス・コンセプトは、少なくとも運用する上では単純そのものだった。情報科学に疎い私にもそれはわかった。ワスプはまさしく最先端技術の結晶だが、死者を悼む我々が見るのは、ホームムービーや、リボンで結わえた古い手紙の束並みにありきたりなものなのだ。

入口付近のスクリーンが、どの廊下を進めばジョージーが見つかるかを教えてくれた。鍵を開けてなかに入ると、そこは小さな試写室だった。中くらいの大きさのテレビ画面と、座り心地のよさそうな椅子が二脚置かれ、壁はチョコレート色のじゅうたん地で覆われていた。そしてあの甘く切ないＢＧＭ。ジョージー自身もどこかこのあたりに安置されている。壁のなかか、床下のどこかに（納骨堂としての側面については説明も漠然としていた）。テレビの前に置かれたコントロールパネルには、私の鍵が入る鍵穴と、二本のレバーがあった。**アクセス**と**リセット**。

私は腰をおろし、どこか間抜けな気分がすると同時に、少々おびえてもいた。それに、中間色の調度品や地味な機材にまんまと気分を鎮められてしまったせいで、バツの悪い思いもますます募っていた。私のまわりでも、別の通路に面した別の部屋で、私がこれからそうしようとしているように、死別した縁者とほかの人々が交流しているのだろう。ＢＧＭのかげで、死者たちが彼らにささやきかけている。故人の姿を見たり声を聞いたりできるうれしさに彼らはすすり泣いている。私もそうなるかもしれない。だが、私には何も聞こえなかった。鍵を穴に差し込んで回すと、画面が明るくなった。ほの暗い明かりがさらにほのかになり、ＢＧＭが止んだ。私は**アクセス**を押した。当然これが次なる手順だろう。こうした手順について、ずっと前、ドックでアルミニウムの箱に入ったジョージーが積み下ろされているときに説明を受けたに違いないが、私は聞いていなかったのだ。と、画面の彼女が振り向いて私を見た。私ははっと息を呑んだが、彼女は私を見たわけではなかった――自分を見ているワスプを見たのだ。

彼女はしゃべっている最中で、何か身振りも添えていた。これはどこだろう？　いつだろう？　**じゃなけりゃ、ほかの物と一緒のクレジットカードにつければ**、と彼女は顔をそらしながら言った。誰かがしゃべった。ジョージーは返事をして、立ち上がった。ワスプは彼女に合わせてぎくしゃくとパンしながら動いた。まるで素人が家庭用ビデオカメラを操っているみたいだ。白い部屋、日差し、籐。イビサだ。ジョージーは木綿のブラウスを身にまとい、ボタンは留めていない。彼女はテーブルに置いてあったローションを取り上げて片手に少し出すと、そばかすのある胸元にすりこんだ。何かをクレジットカードにつける云々という空疎な話がつづき、やがて終わった。私はその部屋を見つめ、自分がいったい何年のどの季節に転がり込んだのかを考えていた。ジョージーがシャツを脱いだ。大きくて子供のような乳首のついた、丸い小振りの乳房が――四十になっても彼女はまだ子どもの胸をしていた――繊細に揺れた。じきに彼女はバルコニーへ出ていった。その後を追ったワスプは太陽に目がくらみ、適応に努めていた。**そうしたいならそうすればいいよ**と誰かの声がした。その誰かが画面を横切った。茶色の、ぼんやりした影。素っ裸。私だ。ジョージーが言った。**ねえ見て。ハチドリよ**。

ジョージーはうっとりとハチドリを眺め、彼女の短い金髪に忍び寄ったワスプもやはりうっとりとなっていた。眺めている彼女を、私は眺めていた。彼女は顔をそらし、両肘を欄干に載せた。これがどの日のことだったか、私には思いだせなかった。どうして思いだせるだろう? 何百、何千という日々の一日なのだ……彼女は輝く海を見はるかしていた。夢遊病者を思わせる独特の表情を浮かべ、口は半ば開いたまま、オイルのついた手で胸をぼんやりと撫でながら。たくさんの花のなかで、虹色に光り輝いているのがハチドリだった。

はっきり自覚もないまま、私は**リセット**のレバーを押した。私は突如、飢餓感を覚えたのだ。過去というものに、さらなる過去に私は飢えた。イビサのバルコニーは消え、画面は何も映しださずに光っていた。私は**アクセス**に触れた。

まず闇が訪れ、ささやきが聞こえた。と、ワスプの目の前から黒い背中が遠ざかり、人々の姿がぼんやりと浮かぶ場面が映しだされた。急転。ほかの人々だろうか、同じ人々だろうか、パーティーか？　急転。どうやらワスプは、ここの――ここがどこかはわからないが――光量の変化に応じて、スイッチが入ったり切れたりしているのだ。濃い色のドレスを着たジョージーが煙草に火を点けてもらっている。ライターの光がつかのま燃え上がる。彼女は**ありがとう**と言った。急転。ロビーか、ホテルのラウンジだ。パリか？　出たり入ったりする人波のなか、ワスプがぎくしゃくと彼女を探す。ワスプに映画は撮れない。ショットも場面転換もできやしないのだから――できるのは、嫉妬深い夫みたいに、ひたすらジョージーを追い回すことだけ。ほかのものは一切見えないのだ。それが何ともいらだたしかった。**リセット**を押した。**アクセス**。ジョージーが歯をみがいていた。場所も時間も不明。

そうしたうんざりするジャンプをさらに一、二度経て、私はようやく理解した。アクセスはランダムなのだ。特定の年や、日や、場面を呼びだす手立てはない。「パーク」はおよそ何のプログラムも提供していない。八千時間はまったく整理されていない。ぐちゃぐちゃなのだ。気狂いの記憶のように、あるいはよく切ったトランプのように。私としては、深く考えもせずに、当然、最初からはじめて終わりまで行くものとばかり思っていた。どうしてそうしてくれないのか？

私はもうひとつ理解した。もしアクセスが本当にランダムで、こっちにはまったくコントロールする手立てがないのなら、すでに見たいくつかのシーンはもう永遠に失われたも同然だ。私がこのレバーを押すことによってもう一度それらに出会う確率は、八千分の一だ（もっと低いのか？　もっとずっと低いのか？　どうも確率というやつはわからない）。イビサでのあの午後に対して、私は喪失の痛みを感じた。それはいまや二重に失われてしまったのだ。何も映っていない画面の前で、**アクセス**にもう一度触れるのが私は怖くなった。自分が失ってしまうものを思うと怖かった。

私は機械の電源を落とし（すると部屋の光量は増し、ＢＧＭが再び静かに流れ込んできた）廊下に出て、入口付近のモニターまで戻った。名前の書かれたリストが、ゆっくりと、緑色に、空港の出発便リストのように動いていった。コード番号がついていない名前も多かった。多分、その人たちがまだここにいなくて、いずれやってくる予定だということだろう。Ｄの項には名前が三つしかなく、そのなかに「館長《ディレクター》」が、まるで死者の一人のようにひっそりと紛れこんでいた。部屋番号も記されていた。私はそこを探しだし、なかに入った。

館長というよりは、用務員、夜間警備員といった風情の男だった。人出の少ない場所を管理しているのを見かける、半ば隠居しているようなタイプだ。修道衣のような茶色のスモックを身にまとい、小さなオフィスの片隅でコーヒーを淹れていた。仕事はあまりしていないそうなオフィスだった。私が入っていくと、相手は不意をつかれたようにびっくりして目を上げた。

「すみませんが」と私は言った。「どうも仕組みがよくわからないんです」

「何か問題でも？」と館長は言った。「何もないはずなんですがねえ」いくぶん目を見開いて、怖じ気づいたように私を見ている。厄介なことを言われないといいが、という顔をしている。

「機械は全部動いてます？」

「わからないんですよ」と私は言った。「動いてるとは思えないんですが」私は「パーク」のアクセス・コンセプトについてわかったつもりのことを伝えてみた。「そんなわけないですよねえ？」と私は言った。「アクセスがまるきりランダムだなんて……」

館長はまだ頷きつづけていた。まだ目を見開いていて、私の話にじっと耳を傾けている。

「そうなんですか？」と私は訊ねた。

「何がですか？」

「ランダムなんですか？」

「ええ、そうです。もちろんそうですよ。何もかもが正常に動いていればね」

一瞬何と言っていいかわからなかった。そのあいだも相手は、安心させるように頷いている。やがて、「どうしてですか？」と私は訊ねた。「なんでデータを整理する方法とか、データに対して何か系統だったアプローチをする方法が全然ないんですか？」死を目の当たりにしたときのグロテスクに間の抜けた気分を私は感じはじめていた。まるで自分が、ジョージーの資産をめぐって値段の交渉でもしているような気分だ。「なんか馬鹿げてる気がするなあ。失礼だけど」

「いや、いや」と館長は言った。「書類はお読みになりました？　全部お読みになりました？」

「それが、実を言うと……」

「全部説明どおりなんですよ」と館長は言った。「それはお約束できます。もしちょっとでも問題があれば……」

「座ってもいいですか？」と私は言い、微笑んだ。館長は私のことを、私から何か苦情を言われることを、ひどく恐れている様子だった。ひょっとしてこの人は家族を失くした悲しみに頭がおかしくなっていて、こっちの責任はここまでですといった単純な話も呑み込めないんじゃないか、そう心配しているみたいだった。不安のあまり、慰めを必要としているのはむしろ彼の方だった。

「いや、何もかも大丈夫だと思います」と私は言った。「ただ、ちょっとわからなくなってしまったみたいなんです。こういうことはどうも苦手で」

「そりゃあ、そうでしょう、そうでしょう」彼は未練がましげにコーヒー作りの用具をしまって、机に向かって座り、コンサルタントのように指を組み合わせた。「ここのアクセスにはみなさん大いに満足なさってます」と彼は言った。「正しい心構えで受け止めてくだされば、大いなる慰めが得られるんです」彼は微笑んでみせた。この仕事に就くにはどんな資格が必要だったんだろう。「ランダムという点ですね。それは全部書類に書いてあります。法律が絡みかねませんからね――あなた、弁護士さんではないですよね。いやいや、悪気はないんですよ。こちらのデータは、何か目的があってここにあるわけじゃありません。まあその、霊的まじわり以外の目的はない、というわけです。たとえばここにあるものが何かプログラム化されていて、検索できたとしましょう。で、税金だの相続だのといったことについて問題が起きたとします。そうなったら、召喚令状が出たりそこらじゅう弁護士だらけになったりしかねません。追悼のコンセプトは台無しです」

なるほど言われてみればそのとおりだ。ランダム性が組み込まれているおかげで、過去の人生を逐一検索されないで済む。おかげで「パーク」は、記録業界に巻き込まれたり、さまざまな訴訟の損な側に回ったりすることを免れているのだ。「これだと八千時間全部に目を通さなくちゃならないわけですね」と私は言った。「探し物を見つけたとしても、それをもう一度出す方法はない。もう通りすぎてしまっているんだ」こっちが見ているさなかにも、それはランダムな過去へ滑り込んでしまう。イビサでのあの午後のように。パリのあのパーティーのように。失われてしまうのだ。

彼は微笑み、うなずいた。私も微笑み、うなずいた。

「実を言いますと」と彼は言った。「あれは予測されてなかったんです。ランダム性は。あれ、副作用なんです。保存プロセスの副産物です。単なる偶然です」にやりと笑っていた口の端が下がり、真剣そうに眉がしかめられた。「いいですか、ここでは分子レベルで保存してます。そのレベルまで小さくしないと、空間の問題が出てくるもんですから。なんせ、八千時間の保証つきですからねえ。テープとか従来のやりかたで行ったら、どれだけの場所がいると思います？　もしアクセスという概念が流行《はや》ったりしたら、ものすごいですよ。だから我々は蒸気除去方式とエンドレストラッキングを採り入れたんです。私の親指の爪くらいの大きさです。全部書類に書いてあります」彼は奇妙な目つきで私を見た。突如私は、自分はだまされている、ごまかされているという激しい思いに駆られた。目の前にいる、スモックを着た男は、専門家でも技師でもない気がしてきた。ペテン師か、ことによると館長を装っている狂人で、ここの人間ではまったくないのだ、と。そう思うと首筋の毛がさかだったが、やがてその思いもおさまった。「そういうわけでランダム性も」と彼は言っていた。「分子レベルでやった結果なんです。ブラウン運動ですよ。一マイクロセカンドといえどもエンドレストラッキングを解除すると、分子レベルで再編が起こる。我々がランダムにしてるわけじゃないんです。分子がやってくれるんです」

ブラウン運動なら、物理の授業で習ったことをかすかに覚えていた。分子のランダムな運動だと先生は言っていた。数学的に記述できるのだ。それは一条の光のなかで舞う細かいほこりの動きのようなもので、小屋の上に雪が降る風景を閉じ込めたガラスの文鎮のなかの雪の渦みたいなものだ、と。「わかりました」と私は言った。「わかった気がします」

「ほかに、その……」と彼は言った。「何か問題は？」まるでほかに問題があるのではと思っているような口ぶりで、しかもそれがどんな問題かだいたい見当がついていて、私がそれを言いださなければいいがと願っている様子だった。「システムはおわかりですね。鍵、二本のレバー、アクセス、リセット……」

「ええ」と私は言った。「もう大丈夫です」

「霊的まじわりですよ」と彼は立ったまま言った。私がもうすぐいなくなると確信して、見るからにほっとしていた。「たしかにたいへんですよね。霊的まじわりの概念になじむまで、しばらく時間がかかるものです」

「ええ」と私は言った。「そうですね」

私は、知りたいと思ったことはわからないまま――何を知りたいと思ったのかもよくわからないが――帰ることになるだろう。結局のところ、ワスプの保存もそれほどのものではなかった。若いころの私の心と変わりはしない。その小さな目は、何日も、何週間も見落としていた。見てもたいしてよく見えてはいなかったし、見えたもののうち、忘れていいものと忘れられないものを区別できない点でも、私自身の目と変わらなかった。私に較べて、優れても劣ってもいない――同等なのだ。

だが、それでも、それでもやはり、彼女はイビサで立ち上がり、胸にローションをつけ、私に言ったのだ。**ねえ見て。ハチドリよ。**私は忘れ、ワスプは忘れなかった。おかげで私は、自分が失ったと気づいてもいなかったもの、自分にとって大切だと知らなかったものを再び我がものにできた。

「パーク」を出るとき、日は暮れかけていた。サテンのような海は、おだやかに、ランダムに、岩のまわりで泡立っていた。

私はそれまでの生涯、ずっと何かを待っていた。何を待っているのかも、自分が待っていることすらも知らないで。ずっと時間をつぶしていた。私はいまでも待ちつづけていた。だが、私が待っていたことはすでに起こり、過去の出来事になっていた。

二年が経っていた。ジョージーが亡くなってほぼ二年。それだけの時間がかかってようやく、私は彼女のために最初で最後の涙を流した。彼女のため、そして自分のために。


私はもちろんまた戻って行った。いろいろと手を回し、しかるべきところに金を渡した結果、自分のHAPpyカードも入手した。時間もたっぷりあった。当時は時間がたっぷりある人間が大勢いたのだ。何もすることのない午後（日曜は避けたが）、私はしばしば、未補修で雑草が繁っているフリーウェイに出て海岸を走った。「パーク」はつねに開いていた。霊的まじわりの概念に私はなじんでいった。

さて、あの地下で何百時間も過ごした末に、あのドアを通らなくなって久しいいまとなっては（鍵をなくしてしまったみたいだ。いずれにせよどこを探せばいいかもわからない）、あのころ自分を取り巻いている気がした孤独が本物だったことがわかる。まわりで映像を見ていたはずの人々、ほかの部屋で音を聞いていると思っていた人々は、大半が私の想像の産物だったのだ。人なんかめったに来ていなかったのだ。墓はどれもほったらかしにされていた。ふつうの墓と変わりはしない。生者たちは死者にかまう気などろくにない（そもそも生者がそんな気になったことがあるだろうか?）。あるいは、希望に胸を弾ませて「パーク」と契約を結んだ人々も、やがてアクセス・コンセプトに欠陥を見出したのだろう。私が最後に見出したように。

アクセス。彼女はクローゼットからドレスを一枚一枚取りだし、体にあて、背の高い鏡で吟味し、再びクローゼットにしまう。鏡を見ているときに限って、彼女はおかしな表情を浮かべることがあった。自分だけに見せる顔。実際、およそ彼女らしくない顔だった。鏡用ジョージー。

リセット。

アクセス。奇妙な偶然で彼女はまた別の鏡を覗き込んでいる。ワスプは鏡のせいで混乱してしまうことがあったのではないだろうか。彼女はよそを向き、ワスプがそれに適応する。誰かが眠っている。ホテルの大きなベッドで、寝具に絡まっている。時刻は朝。ルームサービスのカートがある。わかった。アルゴンキンホテルだ。あれは私だ。冬。背の高い窓の外で雪が降っている。彼女はハンドバッグのなかを探し、小さな薬瓶を取りだして、コーヒーとともにピルを一錠飲む。コーヒーカップの把手ではなく、カップの部分を持って。私が動き、くしゃくしゃの髪の毛が見える。会話――中身はわからない。灰色の部屋、白っぽい雪明かり、和らいだ色合い。さあ（と我々を見ながら私は考えた）、ここで私は彼女に手を伸ばすだろうか?　今後一時間のうちに彼女を抱くだろうか、それとも彼女が私を抱くだろうか?　寝具を脇に押しやって、淡い色のパジャマのボタンを外すだろうか?　彼女はトイレに入り、ドアを閉める。ワスプはぼうっと眺めていて、締めだされたまま、ドアの映像を伝えている。

待ちきれない。**リセット**。

でも、（と私は自問するのだった）もっと辛抱したらどうなったろう？　もしもひたすら見つめ、待っていたら？

時間というものは、途方もなく時間がかかるものなのだ。その無駄、役立たずの無駄たるや――プロスポーツには程遠い。腰を下ろし、のんびり空《くう》を見つめ、自分という存在を午後じゅう味わうことにいささかなりとも楽しみがあるとしても、それを再演するのは楽しくも何ともない。とにかく待っているのは辛い。五年間、昼の日差しや照明のもとでの八千時間、私たちは何回セックスをしただろうか？　どのくらいの時間を愛の行為に費やしただろうか？　百時間か、二百時間か？　そうした場面に出くわす確率は高くなかった。それらの大半は闇に呑まれ、残りは失われてしまっていた。買い物や読書をしたり、飛行機や車のなかで過ごしたり、眠ったり、離ればなれでいた果てしない時間のすきまに。絶望的だ。

アクセス。彼女が枕元のランプを点けたところだ。一人だ。ベッドサイドに置かれたクリネックスティシューや雑誌をひっかき回して腕時計を探しだし、ぼんやりした目でそれを見て、上向きになるよう回し、再び見て、下に置く。寒いようだ。彼女は毛布にもぐり込み、あくびをし、ぽかんと目を見開き、ふと電話に手を伸ばすが、電話に手を載せたまま考え事をしている。午前四時の物思い。彼女は手をひっこめると、子どもみたいに全身をぶるっと眠たげに震わせ、電気を消す。悪い夢でも見たんだろう。一瞬にして朝、夜明けだ。ワスプも眠っていたのだ。彼女はすやすやと眠っている。微動だにしない。金髪の頭のてっぺんだけがキルトの掛け布団からのぞいている――おそらく、この調子で何時間でも眠るだろう。どんな覗き屋よりも執拗な視線にじっと見守られながら。

リセット。

アクセス。

「最初のころほど聞こえなくなってきたんですけど」と私は館長に言った。「像もぼけてきたし」

「ええ、そうなんですよ」と館長は言った。「ちゃんと書類に書いてあります。あれは慎重に説明しとかないといけませんからね。そういう問題が起きるかもしれないってことを」

「じゃあ、僕のモニターだけじゃないんですか?」私は訊ねた。「モニターがおかしいだけかと思ってたんですが」

「いや、いや。そうではないんです」と彼は言い、コーヒーを出してくれた。何か月かが経つうちに、私たちは仲よくなっていた。彼は私を恐れている一方、ときどき訪れることを喜んでもいたと思う。少なくとも一人は生者がここにやってくる、少なくとも一人はサービスを利用しているのだ。「わずかな劣化がたしかに起きるんですよ」

「何もかもが灰色がかってきたみたいなんですけど」

彼の顔がひどく真剣になった。これは軽く見ていい問題ではないのだ。「うむ、うむ、つまりですな、我々が用いている分子レベルで、劣化が起きるわけです。物理の法則上そうなるんです。時間が経つと多少ランダム化するわけです。だから失うものもあるんです——一分たりとも減るわけじゃないんですけれど、鮮明度が少し失われてしまいます。色彩もいくらか。でも、やがて安定します」

「そうなんですか？」

「我々はそう考えてます。もちろんですとも、お約束しますよ。そうなると予言しますとも」

「でもまだわからないわけですね」

「まあね。まあ、我々としてもこの仕事をはじめてからまだ間がありませんので。このコンセプト自体が新しいですし。我々には知りようのなかったことがいろいろ出てきたんですよ」彼はまだ私を見ていたが、同時に私のことを忘れてしまったようでもあった。見るからにくたびれている。最近は彼自身どんよりして、古くなり、鮮明度を失ってきたみたいに見えた。「そろそろ白い斑点《スノー》が出はじめるかもしれませんよ」と彼はそっと言った。

アクセス　リセット　アクセス。

矢筈《やはず》模様に石畳が敷かれた灰色の広場に、灰色の、葉がかさかさとそよぐヤシ。彼女はセーターの襟を立て、きつい風のなかで目を細める。キオスクで雑誌を買う。「ヴォーグ」、「ハーパーズ」、「ラ・モーダ」。「寒いわね《フリオ》」と彼女はキオスクの売り子に言う。かつての私である青年が彼女の腕を取り、二人は海岸ぞいにいま来た道を戻っていく。ビーチは寂れている。岸に打ち上げられた海草が広がり、汚い波に洗われている。イビサの冬だ。私たちはしゃべっているが、ワスプには聞こえない。海の音に混乱してしまっているのだ。自分に課せられた義務に飽きてしまったのか、我々のあとをのろのろとついていく。

リセット。

アクセス。アルゴンキンだ。いやに見覚えがある。冬の朝。彼女は雪のちらつく窓からこちらを振り向く。私はベッドのなかにいる……それを見ていると一瞬、二枚の鏡のあいだで宙づりになってとめどなく反射されつづけている気がした。これは前に見たことがある。私はこれを一度は身をもって体験し、一度は記憶にとどめ、その記憶は鮮明で、それがまためぐってきている。それともこれは別の朝で、単に似ているというだけなのか？　たしかにこういう朝はこの場所で一度ならずあったはずだ。でも、そうではない。彼女は窓から振り返り、ピルの入った薬瓶を取りだし、コーヒーカップのカップ部分をじかにつかむ。まさしくこの瞬間を見たことがある。それも何か月も前ではなく、数週間前にこの部屋で。同じシーンに二度行き当たったのだ。

こんなことの起きる確率はどれくらいだろう。同じ数分、この数分にもう一度行き当たる確率はどれくらいなのか。

寝具のなかで私がもぞもぞ動いている。

今回は、自分が何と言うかを聞こうと、私は身を乗りだす。**でもまあとにかく楽しいだろうし**とか、そんなようなことだった。

楽しいと彼女は言い、声を立てて苦しげに笑う。その劣化した音は幽霊のさえずりだ。**チャーリー、あたしいつか楽しみすぎて死んじゃうわ。**

彼女はピルを飲む。ワスプは彼女をトイレまで追いかけるが、締めだされる。

私はどうしてここにいるんだろう、と思った。心臓が大きくゆっくりと脈打っていた。何のためにここにいるんだろう？　何のために？

リセット。

アクセス。

銀色に光る凍てついた道。ニューヨーク、五番街。タクシーのなかの暗闇から彼女が大声でわめきながら降りてくる。**とにかく、あたしに怒鳴んないでよ**と彼女が怒鳴っている相手は、母親だ。私は会ったことがないが、気性の烈しい女性らしい。ジョージーはタクシーから降り、荷物をいくつも持って、みぞれの降る通りを急ぎ足で遠ざかっていく。ワスプは彼女の肩先にいる。私が手を伸ばせば、彼女の肩に触れてこちらを向かせ、画面の外まで連れだせそうな気がする。彼女は遠ざかっていく。その姿は車や人のどんよりした流れに呑み込まれ、雪に覆われた穏やかな映像のなかで見分けがつかなくなってしまう。

何かがひどくおかしかった。

ジョージーは冬が大嫌いで、私と一緒にいた時間の大半は冬から逃れていた。新年ごろ、どこかへ行ってしまった太陽を恋しがりだすのがつねだった。オーストリアは数週間なら許せた。おもちゃのような村々や、粉雪や、色あざやかでこぎれいなスキーヤーたちは、彼女が恐れていた冬ではなかったのだ。とはいえ、暖炉で暖められた山荘《シャレー》でも、彼女は裸になると鳥肌がたち、彼女だけに感じられるすきま風のせいでぶるぶる震えがちだった。冬には私たちは清らかな関係だった。だからジョージーは冬から逃れた。アンティーガやバリ、そしてアーモンドが花咲く二か月間はイビサ。冬のあいだじゅう、偽物で味気ない春がつづくのだった。

ワスプが彼女を見ていたあいだ、雪が何回降ったというのだろう。

たいして降っていないはずだ。数えられる程度だ。私がワスプのように記憶していられたら、きっと自分で数え上げられる程度。多くないはずだ。いつも降っていたわけがない。

「問題がありまして」と私は館長に言った。

「横ばい状態になったんですね、そうでしょ」と彼は言った。「このあいだおっしゃってた鮮明度の件でしょう？」

「いえ、違うんです」と私は言った。「実はもっとひどくなっちゃって」

彼は机を前に座っていて、両腕を椅子の背に載せて大きく広げていた。死人の化粧のように、頬に不自然な薄紅がほんのりさしていた。飲んでいたのだ。

「横ばい状態になってない？」と彼は言った。

「別件なんです」と私は言った。「問題はアクセスなんです。そちらが言ってたみたいに、ランダムじゃないんですよ」

「分子レベルだから」と彼は言った。「物理の法則上そうなるんです」

「そうじゃないんです。どんどんランダムになってるんじゃないんです。むしろランダムじゃなくなってる。選択的になってるんですよ。かたまりはじめてるんだ」

「いや、いや、いや」と彼は夢見るような口調で言った。「アクセスはランダムなんだ。人生は夏とお遊びばかりってわけじゃないでしょ。誰の人生にも少しは雨が降る」

　私は説明しようとして早口に言った。「で、でもですねえ……」

「実は」と彼は言った。「アクセスから足を洗おうかと思ってる」彼は目の前の机の引き出しをひとつ開けた。空っぽらしい音がした。彼は虚ろな目で一瞬なかを凝視して、引き出しを閉めた。『パーク』にはよくしてもらったが、どうもなじめない。昔はね、人様にサービスできると思えたんだがねえ、わかるかい？　でも、あんたは充分楽しい目を見てきたわけだから、あんたにはどうでもいいことだわな」

　男は本当に頭がおかしくなっているのだ。つかのま、まわりの死者たちのざわめきが聞こえた。地下世界のよどんだ空気の味が舌に感じられた。

「思いだすよ」と彼は言い、椅子に寄りかかって体を傾げ、どこかあらぬ方を見ていた。「何年も前にアクセス業界に入った。もっとも当時は違う呼び方をしていた。やった仕事というのがね、映画フィルム貯蔵庫の勤務だった。その手の場所はみなそうだったが、廃業間近だった。ここももうじきそうだがね。いまのは内緒、聞かなかったことにしてくれ。とにかく、そこは大きな倉庫で、スチールの棚が何マイルも伸びていて、棚にはフィルムの缶がぎっしり並んでいる。古いプラスチックのフィルムが入った缶だよ、わかるだろ？　ありとあらゆる種類のフィルムがあった。それで映画を作っている連中が、昔のシーンを映画に使いたくなると、電話で欲しいものを請求してくる。これを見つけてくれ、あれを見つけてくれってね。うちには何でも揃ってた。どんなシーンでもあった。でもさ、何が一番見つけにくかったかわかるかい？　ごく当たり前の日常生活さ。人々がただ普通のことをしていて、日々の生活を送ってるシーンだよ。たくさんあったのは何だと思う？　スピーチだよ。演説している人たち。大統領なんかのね。スピーチなら何時間分でも見つかるのに、それにひきかえ、何だろう、そうさな、洗濯したり、公園で座ったりしてるところは……」

「受像がおかしいだけかもしれないんだ」と私は言った。「受像がどこか」

彼は私がたったいま現われたかのように、私をしばらくじっと見つめてから、再び目をそらし、ついに口を開いた。「とにかく俺はしばらくそこで仕事のコツを身につけていった。プロデューサーたちが電話をかけてきて、『あれを探せ、これを探せ』って言ってくる。あるプロデューサーが映画を撮っていて、昔を舞台にした映画で、古いシーンを欲しがってね。ほんとに古いシーンを。ずっと昔の人たちの夏の様子をね、遊んでたり、アイスクリームを食べたり、水着で泳いでたり、コンバーティブルに乗ってたりするところ。五十年昔。八十年昔」

彼は再び空の引き出しを開けて、楊枝を一本見つけ、それを使いだした。

「だから、いっとう昔のやつにアクセスしたんだよ。いろんな演説が出てきた。どんどん出てきた。でも、探しているシーンもときどき見つかった――通りを歩く人々、毛皮のコート、ウィンドウショッピングをしている人、車の流れ。昔の人たちだ。映ってるのは若いときなんだが、昔の連中なんだ。なんだか縮み上がったような顔をしてる。見てるうちにわかるようになる。どこか悲しそうな顔なんだ。街なかを、帽子を押さえて、大急ぎで歩いてる。あのころは、映画に撮ると街はなんとなく黒ずんで見えた。通りを行くのも黒い車。黒いダービー帽。石。

でもな、映画の連中はそんなもの求めちゃいなかった。俺は連中のために夏を見つけた。ちゃんと色もついた夏だったんだが、新しすぎた。向こうは古いのを求めていたんだ。俺はどんどん過去にさかのぼっていった。ひたすら探した。本当だよ。さかのぼればさかのぼるほど、あの縮み上がった顔が見つかった。黒い車に、石でできた黒い通りも。それに雪。夏はぜんぜん残っちゃいない」

ゆったりと厳粛に彼は立ち上がり、茶色い瓶と、コーヒーカップを二脚出してきた。彼はこぼしながら注いだ。「だから、あんたのも問題は受像なんかじゃない」と彼は言った。「フィルムの方が時間はかかるんだろうが、物理の法則上そうなるんだよ。全部物理の法則どおり。その一言ですべては言い尽くされる」

きつい酒だった。かつて降り注いだ日差しの、冷たい蒸留物だ。私は立ち去りたかった。外に出て、もう振り返りたくなかった。雪だけになるまで見ている気はさらさらなかった。
「だから俺はアクセスから足を洗う」と管理人は言った。「死者は死者が埋葬すればいい、そうじゃないかね？　死者は死者が埋葬すればいい」

私は戻らなかった。二度と。高速道路は再び開通したし、私が身を落ち着けた町から「パーク」が遠いわけではないのだが。「落ち着く」、言い得て妙だ。最終的には平衡感覚が戻るのだ。おかしな具合にではあれ、快活さだってよみがえる——生涯最高の出来事はすでに起きたのだ、と後悔なしに理解できたときに。それに、私にはまだいくらか夏が残っている。

記憶には二種類あると思う。老いとともに劣化するのは一方だけだ。それは、はじめて自分のものになった車や、軍務の認識番号や、高校で物理を教わった先生の名前や背恰好などを、意志の力で再構築しようとするときに用いる類の記憶だ。物理の先生の名はミスター・ホルム。グレーの背広を着て、髭を生やし、痩せていて、三十前後。もう一種類の記憶は劣化しない。むしろ、ますます鮮明になる。それは夢遊病にも通じる記憶だ。秘密の扉のある部屋に突如迷い込むように、いつのまにか迷い込んでいるタイプの記憶で、不意に自分が、家の玄関ポーチではなく教室に座っていることに気づくのだ。最初は、場所も時間も見当がつかず、髭を生やした男が微笑みながら、手に持ったガラスの文鎮を回している。そのなかでちっちゃい小屋が雪の渦につつまれている。

ジョージーにアクセスするすべはない。だがときおり、思いもよらないとき、ポーチで腰かけていたり、スーパーでカートを押したり、洗面台の前に立っているときに、その種の記憶がふと訪れる。それらは生き生きとしていて、私をはっと驚かせる。まるで催眠術師がパチンと鳴らす指のようだ。あるいは、眠りに落ちる間際、ときおり訪れるおかしな体験に似ている——そこにいない誰かに、そっと、しかしはっきりと自分の名前を呼ばれているような。

メソロンギ一八二四年

浅倉久志訳

Missolonghi 1824

英国人の御前《ミロード》は少年の肩から両手を離した。めんくらいはしたが、べつにあわてたようすはなく、「いやか？」とたずねた。「いやか。よろしい、わかった、わかった。わたしの不作法を許してくれ……」

少年は、この英国人の機嫌をそこねまいとして、相手のタータンのマントにすがり、首を左右にふり、目に涙をため、堰を切ったように口語のギリシア語でしゃべりはじめた。

「いやいや、ちがう」と御前《ミロード》はいった。「きみの落ち度ではない。もののはずみで、ついわたしは不作法をしでかした。きみの親切をわたしが誤解した、それだけのことだ。許しを乞わなければならないのは、わたしのほうだよ」

不自由な足をかばった歩きかたで彼はカウチに近づき、その上に横臥した。少年は部屋の中央に立ち、（イタリア語に切り替えながら）彼にとって生命とおなじほど大切なこの高貴な人物に御前《ミロード》は驚異の目で少年を見まもり、微笑をうかべた。それから、片手をさしだして――「ああ、もういい、もうけっこう。きみのそういう気持がわたしを誤らせたんだ。本心から誓うが、あれは誤解だった。二度とあんな不始末は起こさない。ただ、そこに立って説教するのだけはよしてほしい。すくなくとも、もっとそばへきてくれないか。おいで」

　さっき御前《ミロード》から受けたような誘いに対しては、威厳のある冷淡な態度をとるのがしばしばいちばん安全なふるまいだということを、少年はよく心得ていたので、雇い主のそばに近づくと、腰のうしろに手を組んでそこに立った。

「そうか」と御前《ミロード》もさっきより真剣な態度になった。「ではこうしよう。きみがそこに棒きれのように突っ立っておらずに、ふだんの顔にもどってくれたら――なあ、すわらないか――そうしたら……わたしはなにをすればいい？　そうだな、きみにお話を聞かせてあげよう」

　たちまち少年は軟化した。彼は雇い主のそばにすわった、いや、うずくまった――カウチの上でなく、そのそばの床をおおった粗末な敷物の上に。

「お話」と少年はいった。「どんな、どんなお話ですか？」

「どんな、どんなお話かな」英国人は、おなじみの夜の苦痛が体内のあらゆる場所、どこでもない場所ではじまったのを感じた。「もしきみがランプの芯を切り、そこのホーランズ・ジンの瓶をあけて、その一杯をレモネード《リモナータ》で割り、そして暖炉に薪をくべてくれたら――そうすれば、

〝どんな、どんなお話〟かがわかるだろう」

小さな邸内はすでに暗くなっていたが、まだ静まってはいなかった。中庭では到着した馬の鼻息と足音が聞こえ、スーリ人の兵士たちや、請願者たちや、食客たちが、炊事の火をかこんで話しあっていた。その会話は、いつ侮辱や、喧嘩や、暴動に発展しないともかぎらず、またいつ笑い声のなかに溶け去るかもしれない。ここの全員がたよりにしているこの異国の貴族は、できるかぎりこの部屋から彼らを追いだすことに成功していた。彼はこの部屋に自分のカウチとテーブルをおき、そこで書きものをした。相手を威圧したいときは紋章を型押しした金縁の便箋を使い、相手に説明したいときには無地の便箋を使って(ギリシア人たちが彼に要求するものは、果てしない説明と、甘言と、譲歩だ)、大量の手紙を書いた。またそれとべつのひと山は、いろいろなしるしのついた大判の用紙で、何節もの詩が書きつけられていたが、自分がそこになにを書いたかを思いだすのが、彼にとっては日に日にむずかしくなっていた。テーブルの上には、そうした書類の山のあいだに、彼の目にも以前ほど不調和には感じられなくなった金色の礼装用佩剣《はいけん》や、古代ギリシア風の幻想的なクレストのついた兜、それにマントンのピストルがおいてある。

高貴な詩人は、少年がさしだしたジンをひと口飲んでからいった。「よろしい。それではお話だ」

少年はふたたび敷物の上にうずくまり、猟犬のような熱心さで彼に黒い瞳を向けた。詩人は、その少年の顔に物語への渇望があるのを見てとった(この年ごろのパブリック・スクールに通う英国の少年が、いや、荷馬車の御者や作男の息子でさえ、これほどの熱心さを示すだろうか?)。それは、ホメーロスが口をひらいたとき、焚火のまわりに集まった人びとの顔に現われたのとおなじ熱心さだ。相手の率直な顔つきに、詩人はふと当惑を感じた。なにを話しても、この少年はそれを信じることだろう。

「さて、これが起きたのは」と詩人は物語をはじめた。「たぶん、きみが生まれた年か、ごくそれに近い時期のことだろう。場所は、ここからずいぶん遠く離れたモレアという土地だ。きみのご先祖たちは、むかしむかし、その土地をアルカディアと呼んでいた」

「アルカディア」と少年は口語のギリシア語でいった。「そうだ。そこへ行ったことはあるかね?」

少年は首を横にふった。

「当時のわたしにとって、そこは荒々しく、ふしぎな土地だった。わたしはとても若かった。いまのきみに比べても、そんなに年上ではなかった。このわたしにそういう時代があったとは、きみには想像しにくいだろうな。わたしは旅の途中だった。旅をする理由は――さあ、よくわからない。正直にいえば、旅のために旅をしていたわけだが、それをトルコ人たちに説明するのは至難のわざだった。わかるだろう、彼らが旅をするのは快楽のためではない。金儲けのためだ。しかし、なぜ自分が旅をするかという理由をわたしが発見したのは、まさにそのときだった。それがこの物語の一部でもある。また、なぜわたしがこのみじめな沼地できみに出会い、いまこの話をしているかという物語の一部でもある。

いいかね、英国ではたいていの人間が偽善者だから、ちょっとしたことにも不道徳だと憤慨する。あの国では、わたしがさっき愚かにもきみを誘ったたぐいの行為が公になれば、ふたりともが、いや、おもにわたしが厄介な問題に巻きこまれることだろう。わたしの若いころには、その種の行為を犯したために、というか、むしろその種の行為の現場を押さえられたために、首を吊るされた男もいたほどだ。英国人が大目に見る悪徳は、女郎買いと飲酒だけでね。ほかの悪徳はきびしく罰せられる。

だが、わたしを異国の旅に駆りたてたものは、それではなかった。また、ご婦人がたのせいでもなかった——それはもっとあとのことだ。ちがう——なによりもそれは天候だった」詩人はタータンのマントの襟をかきあわせた。「さて、このじめじめした冬、きょうの雨、今週は雨つづきだ。それにこの霧。これが夏も冬もたえまなくつづくところを想像してほしい。ただし、冬はいっそう……。いや、英国の冬をどう説明すればきみにわかってもらえるというのだ？　やめておこう。

ここの海岸にはじめて足を踏みいれたとき、わたしは自分が故郷に帰ったことを知った。わたしは外国を訪れた英国臣民ではなかった。ちがう。ここがわたしの国、わたしの土地、わたしの空だった。わたしはイミトス山に登り、蜜蜂のうなりを聞いた。アクロポリスの丘にも登った。（そういえば、ちょうどエルギン伯爵があの神殿の略奪を企んでいる最中だった。彼はあそこの彫像を英国に持ち帰って、英国人に彫刻のなんたるかを教えてやりたかったんだ——英国人の彫刻の腕前ときたら、ちょうど、そうだな、きみのスキーの腕前程度だからね）わたしはクラロスでアポローンの聖なる森のなかに立った。ただし、もういまではあそこに森はない。砂ばかりだ。いいか、ルカス、きみやきみのご先祖たちが木という木を伐りつくし、それを燃やしてしまったからだよ。なにかの恨みがあったのか、薪がほしかったからか、それは知らない。吹きつける砂ぼこりと日ざしのなかに立って、わたしはこう嘆いた。ああ、ここへくるのが二千年遅かった、と。

それがわたしの幸福にとりついて離れない悲しみだった。わたしは、わが同国人とちがって、現在のギリシア人を軽蔑したり、トルコ人に支配されて当然の衰退した民族だと考えたりはしなかった。ちがう。わたしは喜んで彼らのなかに、女たちと男たちのなかに、アルバニア人と、スーリ人と、アテネ人のなかに溶けこんだ。アテネと、せまくて不潔な街なみと、ほうぼうの市場が大好きになった。わたしはなんの例外も設けなかった。にもかかわらず……なにひとつ見逃すまいと思うほどそれを愛しただけに、自分の見逃したものがいっそう痛切に惜しまれた。ホメーロスのギリシア、ピンダロスの、サッポーのギリシア。そうだ。若い友人よ、きみはこうした名前のついた兵士や盗賊を知っているだろう。だが、わたしが語っているのはべつの人びとのことなんだよ。

わたしはアテネで冬を越した。つぎの夏がくると、探検隊を率いてモレアの山地に分けいった。

従僕のフレッチャーがいっしょだった。きみも彼を知っているだろう――いまもわたしにつきしたがっているあの男だ。それに、アルバニア人のふたりの召使がいた。どちらもきわめて気性が荒く、強欲で、忠実で、一オカ八パラのワインを毎日革袋に何杯も飲んでいた。それにわたしの新しい友人になったギリシア人のニコスもいた。彼はきみの前任者なんだよ、ルカス。きみのタイプといってもいい。わたしが愛したきみたちすべての原型だ。もし、そこにちがいがあるとすれば、彼もわたしを愛してくれたことかな。

われわれが登った山々は、この窓からも見えるんだよ。そう、ここ何週間かそんな日はないが、よく晴れた雲のない日には、湾をへだてた南にある山々が、地肌をむきだしにしたきびしい姿を見せる。その山々の頂上はたいていまる裸だが、谷間にはまだ太古の森の断片が残り、岩の割れ目からは地下水が湧きでている。そこには森と牧草地がある。そう、アルカディアには羊と羊飼いがいるんだ。

あそこは牧神パンの国だよ、わかるね――いや、わからないかな。ときどき、わたしはこう考えることがある。きみたちギリシア人には、先祖代々その血のなかにある種の知識が伝わっていたはずなのに、実は伝わっていなかった、と。パンの国。パンはそこで生まれ、いまなお生きている。むかしの詩人たちは、パンの時刻は真昼だと語った。その時刻に、パンは丘の上で眠っている。その時刻には、たとえきみが牧神に出会わなくても――いや、その姿を見れば災いが降りかかるのだが――彼の声か、それとも彼の笛の音を聞くことができる。悲しい音楽をね。なぜなら、パンは内心では悲しい神であり、失われた恋人、ニンフのエコーのことを悔やんでいるからだ」

詩人の話はしばらく中断した。アルカディアの灼熱の日ざしのなかで聞いた音楽のことを思いだしたのだ。その音楽は、暑く、鈍く、無名の真昼そのもののうなりと変わらない。虫の声と、樹木の吐息と、自分の頭のなかを駆けめぐる熱い血のとどろきが重なりあったものだ。だが、それはまた濃厚な活気に満ちた歌であり——同時に悲しい、かぎりなく悲しい歌でもある——神でさえ、おのれの声の反響を愛の言葉と聞きまちがえることがありうるのだから。

その山々には、パンだけではなく、ほかにも神々がいた。いや、かつて存在したことがあった——この旅人たちの小さな一隊は、木立のなかを抜け、池のそばを通った。べつの時代に作られたさまざまの小石像が、あばたになって地面に倒れ、苔むしていたり、砕けて摩滅したりしていたが、その姿はまだ見わけられた。粗野なニンフたち、太い角とひげを生やし、大きな陽根を持つ男たちの半身像。こわれたものもあれば、完全なものもある。その一隊のなかでも、ギリシア正教徒は石像のかたわらを通りすぎるたびに十字を切り、イスラーム教徒は目をそらしたり、それを指さして笑い声を上げたりした。

「あの森林地帯の小さい神々は」と詩人は言葉をついだ。「狩人や漁師の神々だった。そこから連想されたのは、わたしの故郷のスコットランドだ。あそこの男女は、いまも小妖精のピクシーや水の精のケルピーの存在を信じていて、彼らをなだめるために食物や標識を残しておいたりする。それとてもよく似ているんだよ。

むかしのスコットランド人がそういう行動をしたうらには、ギリシア人とおなじく充分な理由があったことに、わたしはなんの疑いもいだいていない。その理由はいまなお存在する——そこに面白いいわく因縁があるんだがね」

詩人はふたたびジンを飲み（このひと晩を過ごすためには、この一杯だけではたりないだろう）、そしてルカスの黒い巻き毛の上へそっと片手をのせた。「そうした谷間のひとつで、ある晩、われわれは野営をした。ふたりのアルバニア人が焚火のまわりで歌い踊った——『われわれがタルガの盗賊だったころ』という歌だったが、あれは事実にちがいない。その土地がとてもわたしの性に合ったので、翌日の昼もまだ探検隊はそこでくつろいでいた。

真昼。パンの歌。だがそのうちに、ほかの物音がはじまった。人間が生みだす音だ。角笛が吹き鳴らされ、野営地の先の谷間で、森の木々の枝がはねかえったり、折れたりする音がした。それから人影。村人たちが熊手や長い棒を手に持っていた。ある老人などは鳥撃ち銃をかついでいた。

なにかの狩りが行なわれているらしいが、この山々にこれほどの人数をひきよせるような狩りの獲物があるとは思えなかった。こんな土地にたくさんの猪や鹿が棲んでいるとは考えにくい。それに、村人たちときたら、まるで虎を追っているような大騒ぎなのだ。

なにがはじまったのだろうと興味をそそられて、われわれはしばらくその追跡に参加した。

木々がひときわ濃く茂ったあたりで喚声が上がり、ほんの一瞬だが、群れの先頭にいた獣らしいものが下生えにぶつかるのが見え、動物のさけびが聞こえた——それだけだった。ニコスが暑い日ざかりに追跡をつづけるのはごめんだといいだし、われわれがそこで休んでいるうちに、狩りの連中はてんでんばらばらに先へ進んでいった。

その日暮れに、われわれは山と峠をひとつ越えて、その村に到着した。村にはひとかたまりの人家のほかに、小さい食堂《タヴェルナ》と教会があり、崖の上には僧侶が断食の行をする修道院があった。村のなかは興奮状態で、村人たちが武器を持ち、そっくりかえって道を歩いていた。明らかに狩りは上首尾だったようだが、獲物がなんであったかを知るのは容易ではなかった。当時のわたしはあまりギリシア口語が話せなかったし、アルバニア人の召使たちにいたっては、からきしだめだった。イタリア語と片言の英語を話せるニコスは、この山の民を軽蔑していて、まもなく通訳の仕事に飽きてしまった。しかし、わたしはじょじょに真相をつかみかけた。彼らが森や谷間で狩っていた獲物は、動物ではなく人間だ——どうやらあわれな狂人、森のなかで暮らしている野生の男が、気晴らしのために狩り立てられたらしい。その男は村はずれで檻に入れて閉じこめられ、村長《むらおさ》の裁きを待っている。

そこの村人のような人たちの偏狭さを、わたしはよく知っていた。それはギリシア人ぜんたいにいえることだし、また、せんじつめれば、トルコ人の支配者たちにもいえることだ。彼らの不安をあおりたてたり、彼らの機嫌をそこねたものは、ひどい目にあわされる。アテネで過ごしたあの冬に、わたしはトルコの官憲から死刑を宣告された女を助けようと、取りなしを願い出たことがある。その女は不倫の現場を押さえられたのだ。わたしとではない。わたしとの現場は見つからずにすんだ。にもかかわらず、わたしは彼女を救うのがおのれの義務と感じ、ある種の恫喝とある金額の銀貨の威力でそれをやってのけた。だから、こんども村人たちが捕えたあわれな人間に救いの手をさしのべてやれるのではないかと思った。たとえ野獣でも、檻に入れられるのを見ることに耐えられないたちなんでね。

だれもわたしの介入を歓迎しなかった。村長はわたしに会うのを拒んだ。村人たちは、わたしの召使のアルバニア人たちを見て逃げだした。そっくりかえって歩いていたものほど、逃げ足が早かった。ようやくひとりの僧侶が見つかり、いくらか分別のある答をひきだすことができた。その僧侶は、わたしがこのことに干渉したのは大きなまちがいだといった。たいそう興奮した口調で、村の女が何人も犯されたこと、いや、その可能性があったこと、だが、いまキリストのおかげで、それが避けられたことを語った。しかし、わたしには僧侶の主張が信じられなかった。つまり、捕えられた男は狂人でなく、人間のなかで暮らしたためしのない森の男だというのだ。ニコスが僧侶の話をこう通訳した。『彼のしゃべる言葉はだれにも通じない』

それを聞いてわたしはいっそう興味をそそられた。ひょっとすると、これはときおり噂に聞く、捨て子にされて狼に育てられた〝野生の児〟かもしれない。こうした話はたいてい眉唾だが、こんどにかぎっては……。その村の雰囲気にも、僧侶の支離滅裂な話しぶりにも——それは不安と勝利感からきたものらしいが――なにかが隠されているようだ。わたしはそれ以上の詮索を控えた。しばらく時機を待つことにした。

あたりが闇に包まれると、村人たちは新しい蛮行の準備をはじめたようだった。松明《たいまつ》に火がともされ、その明かりをたよりに、捕虜が囚われている谷間へとみんなが移動をはじめた。この連中は、その男を生きたまま焼き殺そうと計画しているのかもしれない。もしそんな計画があるなら、いちはやくそれを止めなくては。

その目的をとげるため、わたしはマキャヴェリのように、強制と説得の組みあわせを選んだ。食堂《タヴェルナ》で村人たちに大量の酒をおごる一方で、ふたりのアルバニア人に武器を持たせ、捕虜のいる谷間につうじる小道に配置した。ようやく村人たちが静まるのを待って、自分の目で事実をたしかめにいった。

松明の光のなかにその檻が見えた。緑の若木を結えて作った檻だった。檻のなかの捕虜に驚きのさけびを上げさせたくはなかったので、そろそろと這っていった。心臓が激しく動悸を打つのが感じられたが、その理由はよくわからなかった。そばまでくると、なかから黒っぽい手が伸びて檻の格子をつかんだ。その手の動きにはなんとなく――はっきり名ざせないが――人間の手でなく、獣の手の動きを思わせるものがあった。しかし、どういう獣なのか?

つぎにわたしが感じたのは、相手の体臭だった。鼻につんとくるその強い臭気は、あれから二度と嗅いだことがないが、もしまたそれに出会えば即座にわかるだろう。そのにおいには、傷の痛みと不安がこもっていた。傷つけられ、糞便をもらした動物の臭気。だが、それには一生の履歴も含まれていた。恐ろしいほどの不潔さ、束縛を知らない野放図さ――いや、それを説明するのは不可能だ。いくらそれが強力であっても、われわれの言葉にはにおいを表現する単語がすくなすぎる。その檻のなかにいるものが人間でないことはたしかだった。毛皮に覆われた生き物でなければ、これほどの体臭をたもてないだろう。にもかかわらず――あの僧侶はいった。『彼のしゃべる言葉はだれにも通じない』と。

わたしは檻のなかをのぞきこんだ。最初はなにも見えなかったが、苦しそうな息づかいは聞こえ、静かな身構えが感じられた。攻撃の機会を狙っている生き物の緊張だ。やがて、彼はまばたきし、その目がこちらを向いた。

ルカス、きみもご先祖たちの目を知っているね。壺の図案や、いちばん古い彫像に描かれている目だよ。黒い線で縁どられた巨大なアーモンド形の目と、黒い黒い瞳。その目は、この世界とはべつの生命力にあふれているようだ。彼の目がまさにそうだった。ギリシア人がけっして持つことのなかった目。切れ長の両端が白く、中央に漆黒の大きな円のある目。

彼はふたたびまばたきし、檻のなかで身動きしてから――彼がそのなかで立ちあがれないほどせまい檻に押しこめられて、ひどく苦しんだのにちがいない――両足をひきよせた。すこしでも楽な姿勢をとろうとしたために、片足が下の格子のあいだから外に滑り出て、地べたにひざまずいたわたしの膝にふれそうになった。そして、そのとき、わたしはなぜ彼のしゃべる言葉がだれにも通じないのかをさとった」

最初そこへきたとき、詩人はその小さい檻に閉じこめられた生き物がひとつではない、と考えた。檻のすきまからはみだしてかすかにふるえている足や細い脛と、檻のなかで激しい息づかいをしている大きな目の人物とを組みあわせることを、彼の心が肯《がえ》んじようとしなかったからだ。二つに割れた蹄——キリスト教徒がパンと、パンの息子たちからとりいれ、悪魔に与えた足。以前からこの詩人は、自分のぶかっこうな足を、パンの一族とのある種の近しさのしるしとみなしていた——ただ、現人類のみんなとおなじく、この詩人もその一族をたんなる空想の産物と思っていたのだ。だが、そうではなかった。この相手、強い体臭を放ち、激しい息づかいで彼の言葉を待っている、この相手にかぎっては。

「さて、わたしはなぜ自分の胸が高鳴るのかを知った。意外にも、この生き物が話す言葉を知っているのは、ここにいるすべてのギリシア人たち、その夜のアルカディアのあらゆる住人をさしおいて、たぶんわたしひとりではないだろうか。なぜなら、かつてわたしはむりやりにそれを学ばされたからだ。ハロー校での四年間に、鞭と甘い言葉と買収でそれを学ぶようにしむけられたからだ。あれは運命だったのか？　われわれの造物主が、この神の子を救うために、今夜わたしをここへつかわされたのだろうか？

わたしは檻の格子に顔を近づけた。つかのま、暗誦できるまで反復して学んだあの何千行もの詩が、頭から飛び去ったのではないかと不安になった。思いだせる唯一の詩行は、あまりこの場にふさわしいものではなかった。『ムーサよ、歌え』と、わたしは『オデュッセイア』の冒頭を引用した。『機略にたけ、遠く広く旅を重ねたる、かの男のことを……』すると、彼の目は輝いた。思ったとおりだった。彼の言葉は、鉄の時代の人間のギリシア語ではなく、ホメーロス時代のギリシア語なのだ。

さて、つぎになにをいえばよいのか？　彼はまだ檻のなかで静かに横たわり、檻の格子を左手でつかんで、つぎの言葉を待ちうけている。きっと負傷しているのだ、とわたしは気づいた——負傷しなければ、彼が捕えられるはずがない。わかっていることはただひとつ——断じて彼のそばを離れるつもりはなかった。もしそうできるものなら、この一夜、いや、永遠に、彼のそばにとどまりたい。暗闇のなかでアーモンド形の白い目をさぐりながら、こう思った——結局、わたしはそれを見逃さずにすんだのだ。それはここでわたしの発見を待っていたのだ、と。

しかし、ひと晩じゅうここにいることはできない。いましがた、アルバニア人の召使たちが発砲した——あらかじめ打ち合わせておいた合図だ——そして、おおぜいの怒号も聞こえた。村人たちが、いまやふたたび怒りをかきたてられて、こっちへ向かってくる。わたしはポケットからペンナイフをとりだすと——道具はそれしかなかった——それを使って、檻を結び合わせている丈夫な麻の撚り綱を断ち切りはじめた。

アトレマ、とわたしはいった。アトレマ、アトレマ——それが、『静かに、静かに』という意味であることはおぼえていた。わたしが綱を切るあいだ、彼はまったく音を立てなかったし、身動きすらしなかった。しかし、わたしが自分の体を支えようと左手で檻の格子を握ったとき、彼は黒い爪の生えた長い手を伸ばしてわたしの手首をつかんだ。乱暴ではないが、優しいつかみかたでもなかった。力強く、目的がこもっていた。わたしのうなじの毛は逆立った。すべての綱が断ち切られ、格子がばらばらになるまで、彼はわたしの手首を離さなかった。

すでに月は昇り、彼がその月光のもとに姿を現わした。背丈はせいぜい八歳の子供ぐらい。だがしかし、どれほどまでに彼は身のまわりに夜の闇をひきよせたことか。そこに彼が現われるまではひとつの断片が欠けていたのが、いまや完全なものになったかのようだった。見ると、彼はたしかに負傷していた。おそらく胸を下にして倒れたか、急坂を転げ落ちたのだろう。流れ落ちる血が裸の胸に縞模様を作っていた。もじゃもじゃの頭髪の上には、うねのある、うしろに反りかえった太い角が見えた。性器も見えた。大きなそれが毛皮のひだで腹部に持ちあげられているところは、犬か山羊のようだった。彼は油断なく、まだ息をはずませながら（心臓がよほど巨大なのか、胸が大きく波打っていた）、ちらとまわりを見まわし、どちらへ逃げるのが得策かを見定めたようだった。

『さあ、行け』とわたしは彼に告げた。『生きるのだ。彼らが二度とそばにこないように気をつけて。そうしなければならないときは、彼らから隠れろ。そうできるときには、彼らを汚《けが》せ。彼らの妻や娘を犯し、彼らの畑に尿をひっかけ、柵をひき倒し、彼らの羊や山羊を狂わせろ。彼らに不安を教えこめ。だが、けっして彼らに捕えられるな』

いま、彼に告げたといったが、白状すると、これらの単語のうち半分は思いだせなかった。せっかくの古代ギリシア語もどこかへ飛び去ったのだ。だが、かまわない。彼が向けた大きな熱いまなざしは、わたしの真意を理解したことを告げていた。彼がわたしになにをいったかは、きみには教えられないが、彼は語りかけ、そして微笑した。ワインを思わせる暖かい声で、ほんの数語を口にしたにすぎない。まろやかで甘美な言葉を。意外だった。ひょっとすると、彼はパンからその音楽を教わったのかもしれない。そう、これだけはきみに教えてもかまわないだろう。わたしはそれらの言葉を、それが宿っている場所、わたしの魂の奥底から、しばしば再現しようと試みた。詩を書こうと試みるとき、わたしは実はそうしているのだと思う。そして、ときたま——そう、たびたびではなく、ときたまだが——彼の声がふたたび聞こえるのだ。

やがて、ちょうど大猿がそうするように、彼は両手を地面についた。それから向きを変えて走り去り、ふさふさした尾が、一度だけ野兎のようにゆれた。谷間のへりで彼は向きなおった——ちょうど森のはじまるあたりだ——そして、わたしを見た。それっきりだった。

わたしは砂の上にすわったまま、冷たい夜気のなかで汗をにじませていた。こう考えたのをおぼえている——この事件のなによりも顕著な特徴は、それが詩的なものからいかにほど遠いかということだ。それはこれまでに聞かされた人間と神——もしくは人間と半神——の遭遇に関するどんな物語にも似ていない。わたしにはなんの贈り物も与えられず、なんの約束もされなかった。まるで漁網に捕えられたラッコを逃がしてやったようなものだ。だが、ふしぎなことに、それがわたしに喜びを与えてくれる。いいかね、ルカス、真の神々と空想の神々とのちがいはこれだ。真の神々はきみ自身に劣らぬほど現実の存在なのだ」

いまや邸内ではすっかり夜が更けた。潮は干き、また雨が降りだし、屋根瓦にぱたぱたと音を立て、焚火をしゅうしゅうといわせていた。

詩人が少年に話したことの一部は事実ではない――どんな贈り物も与えられず、どんな約束もされなかったというくだりである。なぜなら、詩作の才能とはべつに彼を有名にしたある特質が備わったのは、ギリシアからもどったのちのことだからだ。それはさまざまの種類の人びと、さまざまの条件におかれた人びとの愛情をひきつける才能だった（その才能は、かならずしも人生をらくなものにしてくれるわけではない）。彼は自分が惹きつけた相手の愛を受けいれ、さらに多くを求め、それをも手に入れた。人びとからしばしばサチュロスと呼ばれた。そのことについて考えることがあると、それがあの角の生えた男の手から伝わったものだと信じた。これはあの生き物自身の、拒むすべのない歓喜の一部なのだ、と。

さて、もしそれが事実であるにしても、いまの詩人にもはやその才能はなかった。その才能はすでに使いつくされ、すりきれていた。いまの彼は三十六歳だが、外見も、気分も、それよりははるかに年老いていた。病弱で、足が不自由で、灰色にむくんだ顔はやつれ果て、口ひげは真っ白だ――ルカスの愛情の対象になれるとは、考えるだに愚かだったかもしれない。

しかし、愛なしでは、その奔放な可能性なしでは、もはや空虚から身を守れない――人生にはなんの価値もなく、愚行と苦痛の短い要約であり、賭けるに値しないものだという暗い確信に負けてしまう。そんな状態で人生をつづけていく気はない。いやだ、残りの人生をもっと価値あるなにかとひきかえたい……ギリシアと。自由と。できることならこの人生を華々しく終わらせたいところだが、どうやらここで、この瘴気に満ちた沼のほとりで、まもなく迎えることになりそうな野垂れ死にでさえ、そこになにかの価値はあるだろう。とにかく、自分を詩人に育ててくれたこの土地、自分が手にした祝福に対して、そうするだけの恩義はある。

「その後、このあたりの山々でその種の生き物を見たという報告は聞かない」と詩人はいった。「わたしはあの小さい神々が最古の神々ではないかと思う。彼らはオリュンポスの神々よりも古く、エホバよりもはるかに古い。もし、彼があの種族最後の生き残りなら、彼が死ぬことは、パンが許さないだろう……」

屋敷の外でスーリ人の兵士の射撃の音がして、詩人は目をさました。汗にじっとり湿った枕から、苦しそうに頭を上げげた。彼は片手をさしだし、一瞬、自分がライオンと名づけたニューファンドランド犬が足もとに横たわっているように思った。しかし、それはルカス少年だった。すやすや熟睡している。

詩人は両肘をついて起きあがった。自分はなにを夢見たのだろう？　自分はどんな話を物語ったのだろう？

作者注――バイロン卿は、一八二四年四月十九日にギリシアのメソロンギで没した。享年三十六。

異族婚

浅倉久志訳

Exogamy

捨てばちな暗い希望にかられ、おのれにこの使命を課した男は、その性急さが災いして、いま溺れかけていた。琥珀色の酢の海は、体を浮かせることもできないほど希薄なのだ。広い意味では、それもたいした問題でなかった。仲間たちは彼を見送ったが、二度と帰還を迎えることはないだろう——それが英雄の宿命だ。まもなくこの死は、彼自身にとってもたいした問題でなくなる。とはいえ、彼はまだ力なく四肢をばたつかせ、この期におよんで悪あがきしたがる自分の意志を恥じていた。

ようやく水面を割って、頭が白い空気のなかに飛びだした。そうしたのはこれでもう三度目だが、このつぎはないだろう。と、そのとき、小さい雲が男をおおい、頭上の空気のなかにある存在が感じられた。男が永久に底へ沈んでいく前に、なにかが、空を飛ぶ機械らしいものが、先についた鋭いやっとこか、蟹のはさみのようなもので、彼をつかんだ。

男は水中から、それとも液体の海から引きあげられた。見当がくるって、乾いた陸地でなく、この液体の海へ転落することになったのは、紫色の砂のせいで、彼のせいではない。だが、わずかな見当のくるいがもとで、溺死するか、それとも溺死しかけたのだ。砂浜へほうりだされたまま、じっと横たわっている男は、生死の判別さえつかなかった。

やがて——物を考えられるようになったとき——男はこう考えた。いったい何者がおれをつかんで空中へ持ちあげ（といっても、波打つ海面すれすれに運ぶのがせいいっぱいのようだったが）この浜辺へ運んでくれたのか？　まだ頭を上げていないので、相手がそばにいるのか、それとも去ってしまったのかは、よくわからない。考えてみると、このまま死んだふりをしていたほうが得策かもしれない。だが、やはり男は頭を上げた。

むこうは浜のすこし上手にうずくまり、男を見てはいなかった。疲れを癒すほうに夢中なのだろう。骨ばった幅広い胸が激しく上下している。大きな翼はすでに畳まれ、黒いフラシ天のように見える。やわらかな砂の上で体を支えるため、怪鳥の両脚の鉤爪は（これが正しい言葉だ。それにつかまれた感触を思いだし、男はぞっと身ぶるいした）大きくひろがっている。怪鳥が彼の動きに気づき、よたよた近づいてくるのを見て、男は砂浜を這って逃げようとした。立ちあがりたくても、そうできなかった。やがて、また砂の上につっぷして、意識を失った。

夜が訪れた。

その雌鳥は（胸筋の上にはっきり目立つ乳房や、大きく優美な顔立ちや、櫛を入れたことのない、もつれほうだいの長い髪からしても、雌にちがいない）、男が目ざめたとき、彼の上におおいかぶさっていた。胎児の姿勢でまるくなって眠っている男を夜風から守ろうと、まるで卵を抱くようにして、細長い腹部を上から押しつけていたのだ。寒さは凍えるほどきびしい。雌鳥の体臭は、白カビの生えたソファーを思わせた。

それから三日、鳥と男は小石まじりの恐ろしい浜辺にとどまった。昼のあいだ、雌鳥は翼で男を日ざしからさえぎり、夜になると、悪臭を放つごわごわした体で男を抱いた。ときには鈍重に飛び去ってから（いくら羽ばたいても、二、三メートルしか上昇できず、またしても不器用な離陸をくりかえすのだが）、ひとかたまりの腐肉を男のために持ち帰った。一度、人間の片足をさしだされて、男がこばんだことがある。雌鳥はべつに怒りもせず、男が食べるかどうかにも無関心なようすだった。縞瑪瑙のような目で一時間も見つめられると、男は自分の死を待たれているような気がした。だが、それなら、なぜこんなふうに世話をする必要がある？　これを世話といえるならば？

男は（このみじめな結末に逆上したのか、日射病にあてられたのか）この相手が人語を解さないはずはないと考え、探求の旅に失敗した自分の身の上話を語りはじめた。わびしい故国を離れ、恋と、花嫁と、褒賞を見つけて、それを持ち帰ろうと決心したこと。故国のみんなが、自分にもその夢を追うだけの大胆さがあれば、と内心でうらやみながら、彼を見送ったこと。恋。女――愛する花嫁――男たちにとっての母性。この空虚のどこにそれがある？

雌鳥は男の話に聞きいり、ときおりクークーと鳴いた（ふしぎに澄んだ音だった。この鳥からあてがわれる腐肉と、尿《いばり》の海の毒がまわって死ぬときには、最後にあの声を聞きたいものだ、と男は思った）。三日目に、男は生きのびられそうな気がしてきた。夜明けとともに、一種の意志が体内に生まれたのだ。これならたぶん旅をつづけられる。すると、それを感じとったのか、雌鳥は羽ばたきながら日ざしのなかへ舞いあがり、一キロ先の岩の断崖に向かった。そこで彼を待つつもりだろう。

見わたすかぎり、乾ききった不毛の地がひろがっている。しかし、男は信じた——自分がそれを本気で信じているのに気づいて、笑いだした。あの怪鳥は、おれの望みを知り、おれに力を貸したがっている。

しかし、おお、神よ、なんとつらい横断の旅、なんという苦しみに耐えなくてはならないのか。砂漠の孤独、しかも、このような道連れの助けをかりるという最悪の孤独が、男を殺しにかかった。進路を見つけるのは雌鳥。水飲み場を見つけるのは男。そのうちに雌鳥は病み、ひと月ものあいだ男が看病した。いまでは彼女なしに生きられなくなっていた。ほかの小動物——鼠や蛇——は、どれも語りかけるに値しない。男は小動物を捕えてきて雌鳥に食べさせ、その残りを自分が食べた。雌鳥はふたたび飛べるようになった。これで旅はうまくいきそうだ。やがて、めいのような確信にみちた鮮明な一夜（おれは気でもくるったのか？　なんにとりつかれたのだ？）ともに身をひそめた洞穴のなかで、男は雌鳥を抱きよせ、おなじようにクークー鳴きながら、雄鳥のようにつがった。

やがて、最悪の山道を登りきったあと、頂上から見おろすと、荒石におおわれた最後の峠のむこうに、緑の世界があった。蒸発する水分がもやとなって、乾いた空気をやわらげ、谷には塔らしいものがいくつか見えた。

あそこには（雌鳥は身ぶりと、彼の言葉をまねたクークー声で、なんとか意味を伝えた）、ある姫君の支配する王国がある。まだだれもその姫君をかちとっていない。姫君は遠国まで手をのばして、相手をさがしているのに。

男は両手をこすりあわせた。胸がいっぱいになった。勇士だけが（と男はいった）美女にふさわしいのだ。

男は（おそらく）雌鳥の生まれ故郷である荒れ地のへりで、彼女と別れることにした。大股に峠をくだりながら、ときどきうしろをふりかえった。雌鳥をおきざりにしたことがすこしやましくはあったが、相手が理解してくれることを願った。最後にうしろをふりかえったとき、雌鳥の姿はもうそこになかった。飛び去ったのだろう。

ふもとにあるのは、すばらしい土地だった。人なつっこい住民は、男が礼儀正しさと正直な気性を見せると、あっさりうちとけてくれた。あれがお城ですよ。あそこの白い建物、ほら、塔の足もとに、夕焼け空が見えましょうが。あのお城ですよ。それではご幸運を。

どの門の前でもささやかな抵抗はあったが、男の腕前が上まわった。姫君の居場所は、いうまでもなく、この果てしない階段を登り、鉄の鎧に身を包んだ衛兵たちを倒したその先、最上階の一室だろう（なぜ、いつも、いつも、これほどの困難がついてまわるのか？　そうした物語を聞かせてくれた故郷の連中が思いだされた）。男はようやく最後の扉にたどりつき、それをうち破った。それから、城のてっぺんの胸壁へと足を踏みだした。そこには白骨が散らばり、青白い鳥糞の山が異臭を放っていた。枯枝と、得体のしれないもので作られた巨大な巣があった。

と、そのとき、あの雌鳥が、優雅とも、不器用ともつかぬ飛びかたで舞いおりてきて、翼を畳んだ。

察しがついていた？――と雌鳥はたずねた。

いや、つかなかった。男の心は、恐怖と理解にどす黒く染まった。もちろん、察しがついていいはずなのに、つかなかったのだ。避けられない鉤爪のように雌鳥の関心がせまってくるのを、男は感じた。彼はひと声さけぶと、顔をそむけ、とほうもなく高い塔の上から大地を見おろした。飛びおりるか？

もし飛びおりたら、わたしもつづいて飛びおり（と雌鳥はいった）あなたをつかまえて、ここへ運びもどすわ。

向きなおった男は、けっして彼女に心がなびかないことを訴えた。きみは、断じて、絶対に、おれのタイプではない。

旅をつづけることもできるのよ、と彼女は優しくいった。

男はもう一度うしろをふりかえった。こんどは真下でなく、そのむこうの世界、野原と田畑の彼方にある遠い国をながめた。旅をつづけることはできる。

あそこにはなにがある？――と男はきいた。あの黄色い山々のむこうには？　あそこに立ちのぼる煙はいったいなんだ？

わたしはあそこまで行ったことがない。あんなに遠くへは。でも、ふたりでなら行けるわ。

くそ、そういうことか、と男はいった。もうあともどりはできない。もう――いまとなっては。きなさい、と彼女はいい、鉤爪で狭間胸壁につかまると、そこへうずくまって、男が乗れるように背中をさしだした。もっとわるい運命だってあるさ、と男は考え、つま先歩きで鳥糞のなかをそろそろと彼女に近づいた。だが、その背中にまたがる前に、とつぜんの恐ろしい悲しみが訪れた――おれがいないと、あの女は死ぬ。

あの女とは、男が少年時代からずっと憧れてきた女、それがだれであるにせよ、この旅でさがしもとめている女だった。おれのタイプ、この空虚な心の鍵穴にぴったりの鍵、この探求の旅の果てでいまもおれを待ちつづけている花嫁。だが、いまおれはまったくべつの方角へ旅立とうとしている。

あなたが運転する？――と彼女はきいた。

田畑と野原、ショッピング・モールとハイウェイ、山々と都市、あの方角には目的地が見あたらない。

きみが運転しろよ、と男はいった。

道に迷って、棄てられて

畔柳和代訳

Lost and Abandoned

一　道に迷って

筋道は完璧だった。はじまりと中間と終わりがあった。はじまりは恋、次に結婚と来て、私がまだ大学院生で本格的に就職する前に、子どもが二人できた。箱ベッド型ベビーカーも本格的な物で、藍色、ゴムの大きな車輪つき、金具はつややかなクロム合金。ブルーム型フードは脇にある銀の巻軸で上げ下げ可能なタイプ。あれはいまどこにあるのだろう。

したがって物語の要素として次に来るのは離婚だった。彼女は子どもたちと共に、私は仕事と共に（これは論理的ではないが、物語の要素としては本当らしさをもたらす。つまり、当時の定番だった）。私は教職についていた。アメリカ詩を子どもに教え、大学生相手に講じ、時が経つにつれて、なぜ教えているのかは忘れた。その件についてはずいぶん考えた。この仕事に就いている理由、この仕事に意義があるかどうか、学生が興味を持つべき理由、彼らの関心を引こうと努めるべき理由などを考えだすこと以外ほとんど何もしなかった。

このような思惟は、私が終身在職権を得る確率を高めはしなかった。私は協調性がないと言われた。そのとおりである。私は原子だった。何をするについても、物理的現象をこえる理由はなかった。

ある日、彼女が再び現われた。子どもたちを連れていた。女の子と男の子だ。彼女は計画をいろいろ立てていた。ハワイに引っ越すの、と彼女は言った。バイクはもう送ったし、ほかのみんなが向こうで待ってるの。子どもたちはきっと気に入るわ。海に釣りにバイクだもの。

じゃあ、いつ子どもたちに会える？

来ればいつでも。

金はどうする気だ？

今度マウイで改造自動車の部品を扱う店を開く人がいるらしくてね。そこで働けるかもしれない。

子ども時代をすっかり抜けだす前から、事実上、一心同体のように思われた二人が、別れたとたんにへだたっていく速さたるや不思議である。その晩（昔のよしみで）彼女の隣に横たわり、私はほとんど眠らずに夜明け前には決心していた。子どもたちを引きとりたい。君には連れて行かせない。笑わせないでよ、絶対に連れて行くんだから、と彼女は言った。君を訴える。どんな裁判官が来ようと俺が養育権を取れる。職があって、大学教員で、背広とネクタイも持っているし。そっちはオートバイ乗りだ。少なくとも、世間にそう思わせることは可能だからな。実際にそれほどすんなり事が運んだかどうかは、わからない。しかし、きっとそうなると思い込ませることはできた。彼女はしくしく泣き、さんざん言いつのり、子どもたちを何度も抱きしめ、置いていった。

九月になり、再び授業がはじまると、アメリカ詩を思春期の若い人たちに教える理由と、上手に教えたい動機がにわかに生じていた。愛情には金が要る。だから愛は金を稼ぐ。少なくとも、稼ごうと努める意欲がある。かつてはやりがいを見出せなかった行為も、子どもたちのためとなればずいぶん取り組みやすくなった。二人にオートミールを出し、二人の自転車を駐輪場に置くために、一日じゅうエミリー・ディキンソンやウォルト・ホイットマンについて語った。何よりも不思議だったのは(いや、さほど不思議ではないかもしれない。なにせ私にとっては一度かぎりの経験だから、よくわからない)、自分が前よりもいい教師になった気がしたことである。

残念ながらこうしたもろもろに転がり込むのが、私はわずかに遅かった——これが、同僚たちに仕事を続けさせ、チームの一員であり続けさせた、普通の生活なのだろう。新たな必要性が生じ、新たに意欲もわいたのに、終身在職権は承認されなかった。学界でこれは解雇に等しい事態であるため、私は深い淵のようなものを覗きこむ羽目になった。この深淵のことは、物語を通して聞いたり読んだりして、心を動かされたこともあるくせに、自分が向き合うなんてあり得ないと思っていた。少しでも考えれば、いつだって無数の男女がこの深淵に対峙して生きていることがわかったはずなのに。

それならば子どもたちをハワイに送りだそう、と私はちらとでも考えたか。否。一度も考えなかった。後戻りして再び通ることがかなわない扉もあるのだ。

そこで次の場面は、森の暗闇となる。

私はありったけのコネを駆使して、ほかに志望者がほとんどいないと思われる職を得て、この流れのさらに進んだ段階に入り込んだ。きこりや水汲みが、必死に解放を求めるのではなく、わが子と自分が物乞いをせずに済むよう、自分が汲める水や伐れる木をもっと求めて必死になる段階だ。

都市中心部のスラム街で実施される、もうさほど若くはない犯罪者を対象とする生活向上プログラム。わずかな資金が州から出ていて、税滞納で差し押さえられた、ダウンタウンにある三階建ての家を使っていた。受講者が高卒相当の履習証明書を取得できるよう初級英文学等の授業が開かれている。倫理学ゼミや自己表現ゼミもある。まじめに出席すると保護観察期間が減る。もっといい案があるだろうか？

私が英文学を担当したグループは、元の教え子たちとほぼ同じ年代だった。あの頃はごく普通の学生たちのように見えたが、顧れば、安楽にかこまれ可能性に満ちあふれる若き小さな神々に思われた。ここでは何日もかけて、新聞や書籍、公文書に用いられる類の英語の習得に努めた。使われている言葉の多くは、ここの学生の大半が話す言語と似ているが、異なる言語なのだ。授業では文を図解した。私は、この大陸でその手法を覚えている唯一の英文学の教員といってよかろう。図解は好評だった。私たちは夕方にも集まった。物語を書くために。

学生にはそれぞれ物語がある。ただ、物語るよりはあふれ出させてしまいがちだ。その物語を型にはめ、つり合いを整え、おもしろい物語に似せていくのはグロテスクに思えたが、私はそのために雇われているわけだし、ひたすら聴いているだけというのは実に難しいものだ。「はじまりと中間と終わり」と私は言う。「『王さまが死に、女王さまが死んだ』、いまのは物語だ。『王さまが死に、その後、女王さまが悲しみのあまり死んだ』、これはプロット。誰が、何を、いつ、どこで、いかにして」学生は耳を傾けている。固有の物語の内側から私を見ている。路上生活者が雨露をしのぐぼろ家で暮らすように、学生たちは各々の物語の中で生きている。父親のもとで育った者はいない。ひとりも。どんな罪を犯し、何をしたのか、幾人かについては知っている。

深夜にバスで近隣の界隈へ戻ることによって私は社会の階層をわずかに上がり、自宅アパートまで階段をのぼる。鍵を開けて入り、光を放つテレビの前で寝ているベビーシッターを起こして帰らせる。

二人はぐんぐん成長する。都心部ではなおさらだ。私の給料の大半は、二人が通う私立校の学費となる。校名はリトル・ビッグ・スクールハウスという他愛もないものだが、実にいい学校だ。

子どもたちは気に入っている。少なくとも、前は気に入っていた。最近、二人はいらだちや妙な怒りなど前は見せなかった様子をときどき見せる。そうなると私は傷つき、当惑し、こわくてたまらなくなる。もうベビーシッターはいらないそうだ。家に帰って、二人がいないと発見する日がいずれ来るだろう。あるいは一人が姿を消して、もう一人は黙りこくり、責めるようなまなざしで私を見るだろう。彼女はモノにできないよ。引き留めてもおけなかったね。

「お話を語りなおしてみよう」と私は学生たちに言った。「技をみがくんだ。みんなで同じ物語を書く。長いものじゃない。一番長くて三ページまで。みんなが知っている話だ。ただ語ればいい。要点を抜かさずに、はじまりから終わりまで」

だがその物語を全員が知っているわけではなかったため、私がその話を一度物語ることを余儀なくされた。生徒たちは耳も目も集中させて聴いていた。かつてのわが子たちのようだった。物語の中で道に迷った二人の子どもが新たな保護者を見つけたものの、その人が実は自分たちに善意ではなく悪意を抱いていると悟った時点で、かつてわが息子は叫んだ。「あの子たちのお母さんだ！」と。それは私にはきわめて高度な文芸批評に思われた。そのとき初めて気がついた。物語の終わりには、たしかに母親も、もう一人と同じく死んでいるのだ。

シントラという女の子が知りたがった。先生もやるの？

うん、やるよ、と私は応じた。三ページで書く。そのつもりじゃなかったけど、やるよ。

この物語を私は知っている。以前はわかっていなかったが、いまならわかる。学生がそれぞれ自分のために書くように、私も自分のために書こう。書いたらみんなで交換して、目と耳を使って読んでみよう。

その晩、家に帰ると郵便受けに三通届いていた。ハワイからの絵葉書が一枚。役所から届いた通知が一通。生活向上プログラムは中止することになりました、今後お力添えはご無用です、とあった。『フリープレス』に私が載せた個人広告に対する応答が一通。くっきりした力強い筆跡だ。写真も同封されていた。

子どもたちはまだうちにいる。眠っているが、着替えていないし、手も顔も洗わずにカウチと床で寝そべっている。ベビーシッターには断固反対、自分のことは自分ですると二人は言ったのだ。少なくとも、二人はまだここにいる。

これから記す自分の物語には、はじまりと中間があって、終わりはない。パンくずは出てこないし、キャンディーも森もかまども財宝も出てこない。誰が、何を、どこで、いつは書かない。それでも何もかもを含む話になる。

さて、あの子どもたちはいったいどこへ行くのだろう。

貧困は犯罪ではない。恋に溺れることも犯罪ではない。かつて妻を心から愛し、妻とのあいだに二人の子ども（男の子と女の子）に恵まれた男が子どもたちを大切に思い、日々二人の子どもの瞳に妻が残した面影を見ていて——再びやむにやまれぬ恋をしたら、子どもたちは男をすぐに許せないにせよ、移行期間を経れば、いつか許せる日が来るかもしれない。新たにやってきた女を、男が愛するように、子どもたちも愛せるようになるかもしれない。かつていたもう一人の女のことは——男も忘れることができないように——いつまでも忘れないまま。

とはいえ、子どもはたった一人の母親から生まれる。母親をずっと覚えていることができないとしても、忘れることも決してできない。男からすれば、子どもたちの瞳に生みの母の影を見出しうることは、とがめのように思えることもあろう。実際、とがめなのかもしれない。母親に代わってこの家で暮らすようになった女にとっては、まさしくとがめとなった。絶え間ないとがめ。決して告げられることはないが、決して取り下げられることもない訴え。男と同じようにこの女も恋におぼれ、ライバルの存在を許さない横暴な愛（これは犯罪ではなく、まま有ること）が心に満ちて、なんらかの方法で子どもたちを排除しようと画策することもあるだろう。子どもたちの目も口も二度と開かないようにふさいでしまえと目論むこともあろう。物資が全員に行きわたらなければ、なおのこと。

男が耳を傾けたことは罪だろうか。女と子どもたちを天秤にかけたことは罪だろうか。それは罪で、男は子どもたちを遺棄したとき、そのことを承知していた。遺棄。つまり、二人では帰ってこられないだろうと思う場所に二人を残していったのだ。とはいえ、男は二人をもちろん連れ帰ってもいた。そうせざるをえないだろう。連れて帰り、その後ずっと家で子どもに眠りを妨げられることになるのだ。

だが、われわれは絶えず遺棄されている。自分たちの成長に伴って親を棄てるのに、なぜか親から棄てられているように思えてくる。そのようにわれわれは物語る。しばしば――常にではないが、たいてい――遺棄とは飛び立つことでもあることが見出される。自分たちが遠くへ飛び去ることなのだ。元の位置に戻れるよう痕跡を残しはするが、前に進むあいだに背後で痕跡が消えてしまうこともある。

遺棄は、想像以上にむずかしい。遺棄を意図しているこちらの予想以上に、行為と名称（遺棄）が許す以上に、えてして遺棄をされる側が機知縦横である。多くの場合、これから遺棄される者たちは、遺棄されることに甘んじない。だから、こちらがわざわざ棄てたり、無理矢理追い出したり、自分が立ち去るときにあちらが残るよう、だまさなくてはいけない。遺棄は一度では達成できずに二回以上かかることが多く、遺棄にまつわる行為にかかわるたびにこちらの心はますます凝りかたまり、ついには遺棄を執り行なう段取りしか考えられなくなってくる。とにかくさっさと済ませてしまえという恐ろしい論理だ。

遺棄は、その後の贖罪や、迷える者たちが発見されるかもしれないことを暗示し、毎度とはいかないが、ときおりそういう運びとなる。危険のさなかで安寧が見つかって、喪失と遺棄を同一視する新たな見方がまた改まり、たいてい問いをひとつ提示する。判断が必要だが、判断を下すほどわれわれが賢くないような問題が示される。だが判断を迫られて、われわれはやむをえず判断してしまう。ご覧よ、なんてすばらしいんだ、全部甘くて、おいしくて、ぼくらはお腹がぺこぺこで貧乏だもの。

たちまち判断の誤りがあきらかになり、最悪の判断を下したことがわかる。たったひとつしか選択肢がなくて、それを選ばざるを得なかったが、選んだとたんに間違ったことが判明し、しかもやり直しがきかないことも判明する。遺棄とは次のような意味だとわかる。頼りにしていた人々の手にかかって死ぬこと。信頼しろと相手は教えた。相手は、二人の愛情に頼れと教えておいて、ぼくらを遺棄した。それでもぼくらは人を信じるしか術がなくて、人を頼った。その判断が悪かったから、ここで死ぬ。人生について、そんなことは知らなかった。

でも、これは死ではないかもしれない。この檻から出る、死から抜ける出口があるかもしれない。われわれには、自分が思う以上に分別があるのかもしれない。巧妙さ、意志、残酷さが備わっているかもしれない。たしかにある。こっちだって相手をだませる。仕返しできる。遺棄が教えてくれたことだ。

となれば、これは結局、死ではなく生だ。利益ですらある。これまた人生について初めて知ったことだ。必要に迫られたときに、あるいは、ずるくなろう、残酷になろうとみずから望み、決意したときに、人生から何が勝ち取れるか。

あれはずいぶん昔のことだ。家に帰る道がもうわからなくても、家から自分へ伸びている道があることに気がつく。好むと好まざるとにかかわらず、この道は遅かれ早かれ必ず見つかる。やがて勝ち得たものを携えて戻ってみると、そこはもうかつて立ち去った場所ではない。許しうる対象として、あの人たちがまだそこに居たら、許すもよし。許すことを拒んでもよし。これまでに自分が取ってきた行動と、遺棄を通じて学んだこと――あの人たちを棄て、あの人たちに棄てられたことによって学んだこと――が家を変えた。さあ、去ってもいいし、とどまってもいい。

消えた

大森望訳

Gone

愛読者カード

❖お買い上げの書籍タイトル：

❖お求めの動機
1. 新聞・雑誌等の広告を見て（掲載紙誌名：　　　　　　　　　　　）
2. 書評を読んで（掲載紙誌名：　　　　　　　　　　　）
3. 書店で実物を見て（書店名：　　　　　　　　　　　）
4. 人にすすめられて　5. ダイレクトメールを読んで　6. ホームページを見て
7. ブログや Twitter などを見て
8. その他（　　　　　　　　　　　）

❖興味のある分野に○を付けて下さい（いくつでも可）
1. 文芸　2. ミステリ・ホラー　3. オカルト・占い　4. 芸術・映画
5. 歴史　6. 宗教　7. 語学　8. その他（　　　　　　）

＊通信欄＊

本書についてのご感想（内容・造本等）、小社刊行物についてのご希望、編集部へのご意見、その他。

＊購入申込欄＊

書名、冊数を明記の上、このはがきでお申し込み下さい。代金引換便にてお送りいたします。（送料無料）

書名：　　　　　　　　　　　　冊数：　　　冊

❖最新の刊行案内等は、小社ホームページをご覧ください。ポイントがたまる「オンライン・ブックショップ」もご利用いただけます。http://www.kokusho.co.jp

＊ご記入いただいた個人情報は、ご注文いただいた書籍の配送、お支払い確認等のご連絡および小社の刊行案内等をお送りするために利用し、その目的以外での利用はいたしません。

郵便はがき

料金受取人払

板橋北局承認

349

差出有効期間
平成27年1月
10日まで
（切手不要）

1748790

板橋北郵便局
私書箱第32号

国書刊行会 行

フリガナ ご氏名		年齢	歳
		性別	男・女
フリガナ ご住所	〒 TEL.		
e-mail アドレス			
ご職業		ご購読の新聞・雑誌等	

❖小社からの刊行案内送付を　□希望する　□希望しない

エルマーふたたび。

あなたは待つことに一種の自虐的な喜びを見出しながら、前回はずれだったのだから今度こそうちが選ばれるだろうと考えているけれど、しかしどういう仕組みで家が選ばれるのかはだれも知らないし、わかっていることといえば、新しいカプセルの大気圏突入が（この一年のあいだ月軌道上を周回している巨大なマザーシップを見張る数千のスパイ衛星や監視機器のどれかによって）探知され、そのカプセルは摩擦熱で燃えつきたかに見えた（前回はじっさいにそうなった）にもかかわらず、その後エルマーはいたるところにあらわれたという事実だけだ。順番を飛ばされるか、あっさり無視されることを期待してもいいが――前回、となり近所や友人知人の家庭すべてがこの招かれざる客の訪問を受けたのに自分の家だけはすっぽかされた人々もいて、ときおりニュースに登場してはインタビューに答えるけれど、彼らが語ることは結局なにひとつない、語るべき物語があるのは残りのわたしたちなのだから——しかしどのみち、あなたは窓の外、ドライヴウェイの先に目を向け、白昼に鳴るドアベルに聞き耳をたてはじめる。

　白昼にドアベルが鳴ったとき、パット・ポイントンは子供部屋のベッドを動かして模様替えの最中だったけれど、玄関ドアが見える唯一の窓から外を覗く必要はなかった。ポナダー・ドライヴのすべての家の玄関、サウス・ベンドのすべての家の玄関で、二度めのベルが鳴る音を識閾下で聞いたような気がした。うちのが来た、と彼女は思った。

　それらはこの国全土でエルマー《elmers》（または大文字ではじまるElmers）と呼ばれるようになっていたが、その呼び名を決定的にしたのは、デイヴィッド・ブリンクリーがトークショウで紹介した、一九三九年にニューヨーク万博が開かれたときの逸話で、彼の言によれば、当時のこの国の人々、ドゥビュークやラピッド・シティやサウス・ベンドみたいな町に住んでいる人々は、わざわざ東部まで出かけていって五ドルと引き替えにあらゆる驚異を見物しようとは思うまい、このすばらしい見せ物も彼らの同類には魅力的に見えないだろうという見方が支配的だったから、そこで万博の興行主たちは、ふつうの服を着てふつうの眼鏡をかけ、ふつうの蝶ネクタイをしたふつうの外見の人間を雇い、ヴィンセンズやオースティンやブラトルバロのような町々に派遣して、口コミで評判を伝えさせたという。万博に行ってきたふつうの人間のふりをして、お高くとまることもへりくだることもなく、女房ともどもおおいに楽しんだし、いやもうまさに〈未来〉を見たねと語り、入場料の五ドル分の値打ちはたっぷりあるよ、じっさい場内の全アトラクションと昼食代もコミだってことを考えれば高くはないと吹聴した。こういう連中全員が、その本名に関係なく、彼らを派遣した興行主から〈エルマー〉と呼ばれた。

　ドアを開けなかったらどうなるんだろうと、パットは考えた。最後はあきらめて、どこかに行ってしまうんだろうか？　もちろん無理やり押し入ってきたりはしないわね、あんなにおだやかでぶよぶよなんだし（前回来たのとそっくりなのは、二階の窓から見てわかっていた）と考えてから、結局みんな家の中に入ってくるのはどういうわけだろうと不思議に思った――パットの知るかぎり、話を聞いてもらうことさえできなかったエルマーはほとんどいない。なにか化学的な催眠物質、恐怖をしずめるような薬物を放出するのかもしれない。それがまたドアベルを（おずおずと、とパットは思った。おっかなびっくりならいいんだけど）押すのを聞いたとき、階段の上に立つパットが感じたのは、面白半分の怒り、ほかのみんなとおなじ感情だった。

「芝刈りをしましょうか？」パットがドアを開けると、それは言った。「ゴミを捨てましょうか、ミセス・ポイントン？」

　実際にそれの前に立ち、スクリーンドアごしにそれの姿を目のあたりにした今、パットがいちばん強く感じたのは、エルマー感情の新しい一部だった。予想もしていなかった、目の眩むような嫌悪感。それは、あまりにも人間じゃなさすぎた。人間ではないなにかべつの存在、人間と見なされるためにはなにが重要かをよく理解していない者によって、人間に似せようとして造られたように見える。それがしゃべるとき、たしかに口は動いたが（「発声時には口腔の運動が観察されるべし」とか)、声はどこかべつの場所から(あるいは、どこからともなく)聞こえてくるようだった。

「皿を洗いますか、ミセス・ポイントン?」

「いいえ」と、市民が指示されているとおりの答えを返した。

「帰ってちょうだい。ありがとう」

もちろんエルマーは帰らず、ホワイトローズ軟膏だかガールスカウトのクッキーだかを買ってもらえないでいるバカな子供みたいに、体をわずかに上下させながら玄関ステップに立っていた。

「ありがとう」と、それはパットそっくりの口調で言った。

「薪割りのご用は?　水汲みはいかがです?」

「やれやれね」パットは力なくそう言って、笑みを浮かべた。

エルマーに示すべき正しい反応(だれもがそれに従うが、最後までやり通せる人間はほとんどいない)以外で、もうひとつだれもが知っているのは、あれらが上空のマザーシップ(あまりにも巨大なので、夜空に浮かぶ月の前を横切るときは、肉眼でも確認できる)からやってきた生き物ではなく、前もって派遣されたある種の創造物であるということだった。公式の呼び名は、人工物。ある種の蛋白質だと推測されている。それの心臓もしくは頭の中には、ある種の化学メカニズム、おそらくはDNAベースのコンピュータとか、その種の奇怪なものが搭載されているらしいが、その正確な実体をだれも知らないのは、エルマーの第一波が、なにか瑕疵でもあったのか、あまりにもはやく解体してしまったからだ。芝刈りや皿洗いや善意チケットの押し売りを一、二週間つづけたあと、エルマーたちは、それらとまんざら似ていなくもない雪だるまさながらぐずぐずに溶け、かさかさのぼろくずみたいな物質に変わり果て、やがては口に入れた綿飴みたいに、ほとんどなにも残らなくなってしまったのである。

「善意チケットはいかがですか？」パット・ポイントンの家の戸口に立つエルマーは、手書きか印刷か、とにかくなんらかの方法で短いメッセージが記された、紙以外のなにかでできたタブレットをさしだした。パットはそれを読まなかったし、読む必要もなかったのは当然のことで、こうした第二波のエルマーを玄関に迎えるまでには、だれでももとっくにそのメッセージを暗記していた。子供たちを起こして登校させるぎりぎりまでベッドで朝寝を決めこんでいるようなとき、パットはそのメッセージ、全世界のすべての人々が遅かれ早かれ目の前につきつけられるんじゃないかと思えるその文句を、お祈りのように暗誦するのだった。

善意
空欄にチェックを入れて下さい
以後、愛はすべて順調
「はい」と言いましょう
□　はい

そして、「いいえ」の欄はなく、つまり——もしこれがある種の投票（専門家や政府消息筋、どうしてそんな肩書きが可能なのかパットには謎だが、とにかく彼らは、これが投票だと推測している）、マザーシップおよびその想像もつかない乗員や乗客を許容または受容するという投票なのだとしたら——残された選択肢は、その受けとりを拒否することしかない。首を振り、きっぱりと、しかし礼儀正しく「いいえ」と告げること、なぜなら善意チケットを受けとるだけで「はい」のしるしと受けとられるかもしれないし、なにに対する「はい」なのかだれも正確には知らないけれど、少なくとも識者のあいだでは、これが《世界支配》に対する同意（または、少なくともそれに抵抗しないこと）を意味するという見方が主流をなしていた。

しかしながら、家にやってきたエルマーを撃ってはならない。アイダホとかシベリアとかでは、そうしている人がいるという話だが、どのみち一発二発の銃弾はエルマーにはなんの変化も与えないようで、大昔の《ディック・トレイシー》コミックの登場人物さながら、体に風穴を開けたまま、窓越しにはにかみがちな笑顔を見せ、落ち葉を掃きましょうか？　庭仕事はいかがです？　ロイドならためらわずに撃つだろうし、生きている（少なくとも動いている）認定済みの「自由の敵」がとうとう目の前に出現し、それに狙いをつけられることで有頂天になるだろう。廊下に置いてある電話台の抽斗には、今でもロイドの9㎜グロック・ピストルがしまってあり、ロイドはそれをとりにもどってきたいと言ってきたが、彼がこの家の敷居をまたぐことは金輪際ない、もし射程内に近づいたらパットのほうが彼めがけてこの銃をぶっ放すからだ。

　いやまあ、本気じゃない、撃ちはしない。それでも。

「窓を拭きましょうか？」とエルマーが言った。

「窓ね」パットは、コメディアンや司会者の手管にひっかかって人形との会話に引き込まれた自意識過剰のおバカさんみたいな気分をちょっと味わい、これは自分をひっかけるためのジョークじゃないかと、同じように用心深く答えた。「窓を拭くって？」

　それは、プールに浮かべる大きな人形みたいに、ゆらゆらしているだけ。

「オーケイ」と答えると、パットの心は満たされた。「オーケイ、入って」

　なんと優雅な動き。まるで磁石のマイナスとマイナスが反発しあうみたいに、調理台や冷蔵庫に近づいたと思ったらすっと離れて衝突を避け、家の中をすいすい動きまわる。体を収縮あるいは圧縮することもできるらしく、せまいスペースでは小さくなり、広いスペースではフルサイズにもどる。

　パットは居間のカウチに腰を下ろして見物した。とにかく、見物する以外のことはできなかった。それがバケツを持ち上げ、クレンザーの瓶の蓋をとり、においを吸い込んで（たぶん）中身をたしかめ、パットが用意してやったゴム雑巾と布を手にするのを見物した。そのとき、パットの心に浮かんだ思いとは（それは、自分の家の居間なり菜園なり廃品置き場なりで、ソファにゆったり腰を下ろし、第二波のエルマーが居場所を見つけて仕事にかかるのを見物しはじめた人間たちのほとんど全員の頭に浮かんだことだが）——この世界は、この宇宙はなんて大きく、なんて奇妙なんだろう。そのことを知り、ここでこうしてこれを見ているわたしはなんて幸運なんだろう。

かくしてこの世界の仕事は——ともかく、雑用に類するものは——ふだんその仕事に従事している人間たちが腰を下ろして見物しているうちにどんどんかたづけられてゆくのだが、全員がおなじ感謝と喜びを共有しているのは、ただたんに雑用がかたづくからというだけではない。彼らが抱く驚異と畏怖は、人類という種が一度も経験したことのない——すくなくとも、人類のすべての成員がおなじジョーク、おなじ夜明け、おなじ驚きを共有できた太古の草原の時代以降は一度も経験したことがない——万人に共通する感情の普遍的小潮だった。自分のエルマーを見物していたパット・ポイントンの耳には、スクールバスの警笛のブーブーが聞こえなかった。

たいていの日、パットは、しょっちゅう目を覚ましては目覚まし時計が鳴るまであと何分あるか確かめる心配性の人みたいに、バスの警笛が聞こえるたっぷり三十分前から、壁の時計と自分の腕時計とにかわるがわる目をやりはじめる。運転手からは、ブーブーを鳴らすまで子供を降ろさないことで了解をとってあった。運転手はそれでいいと約束してくれた。パットは理由を説明しなかった。

でも今日は、警笛の音は彼女の裏脳《バックブレイン》にあとかたもなく沈み込み、たぶん三分は過ぎてから、パットはようやく頭の中でその音をリプレイするか、聞いていたのに気づかなかったことを思い出すかした。おそろしい予感にわしづかみにされてはっと立ち上がり、心臓の鼓動が加速するのとおなじはやさで外に飛び出し、玄関ステップを降りかけたそのとき、子供たちが通りの先でロイドの年代物のカマロ（そのマッチョなエンジン音もしばらく前から聞こえていたんだと、パットはいま思い当たった）の中に消え、荒々しくドアが閉められるのを目撃した。ロイドの第一夫人たるチェリーレッドのスポーツカーは、二本の排気筒から噴き出すガスで側溝の枯れ葉を騒がせつつ、蹴り飛ばされたような勢いで発進した。

パットは悲鳴をあげ、くるっとふりかえって助けを求めようとしたが、通りは無人だった。激怒の雄叫びとともに一度に二段ずつステップを駆け上がって家の中にもどり、かわいい小さなヒッチコックの電話台に怒りをぶつけた。受話器がはずれ、台の脚が床から離れ、抽斗が飛び出てグロック９㎜が落ちそうになる。パットは拳銃をひっつかむなり、また玄関からとびだして通りを走りながら、元亭主のフルネームを大声で呼ばわり、近所の人間には一度も聞かせたことがない悪態と猥褻な言葉をわめきちらしたが、カマロはもちろん、声も聞こえず姿も見えない場所へととっくに走り去っていた。

消えた。消えた消えた消えた。世界が暗くなり、顔面を殴ろうとするみたいに、歩道がこちらに向かって持ち上がってくる。知らず知らずのうちにその場にしゃがみこんでいた。自分が失神しかけているのか嘔吐しかけているのか、それもわからない。

けっきょくどちらも免れて、しばらくしてから立ち上がった。金槌みたいに重いこのピストルを、どうしてこの手に握ってるんだろう。家にもどって、狼籍にあった電話台の抽斗に銃をしまい、ピーピー鳴いている受話器を電話のフックに置いた。

警察を呼ぶわけにはいかない。ロイドによれば——自分が無慈悲かつ危険な男で、かろうじて抑制を保っているのだと思わせたいときに使う低いソフトな声で、威嚇するような視線とともに彼が語ったところでは——家庭内の問題に警察を介入させるようなことがあれば、家族をみな殺しにすることも辞さないそうだ。それを百パーセント信じたわけではないし、そもそもどんなことだろうとロイドの言葉を百パーセント信じたためしなどないけれど、とにかく彼はそう言った。ロイドが入れあげているらしいキリスト教系サバイバリストの教義もまったく信じてはいないし、かつて彼が脅迫もしくは約束したみたいに、どこかの山奥の丸太小屋に子供たちを連れていき、鹿を食べて生活するとも思えない。子供連れでは、たぶん自分の母親の家まで行くのがせいぜいだろう。

神様、どうかそうでありますように。

不意のお客のようにそのへんをにこにこ徘徊しているエルマーを視界の隅に見ながら、パットは部屋から部屋へと足音荒く歩きまわり、コートを着てはまた脱ぎ、キッチンテーブルの椅子に座ってすすり泣き、かけたいときに限って見つからないんだからとわめきながらコードレスホンをさがしだすと、母親に電話して泣き崩れた。それから、心臓をどきどきさせながら、ロイドの家に電話した。エルマーに関してひとつわかっていないのは（義母の留守番電話の長くて快活な応答メッセージが再生されるのを聞きながら、パットはしばしそのことを考えた)、掃除婦や雑役夫の場合と同様、エルマーのいる前では感情をぶちまけたりしないのが礼儀なのか、それともペットが相手の場合のように、そんなことは気にする必要がないのか、ということだ。理論上の疑問だった、パットはもうとっくに感情をぶちまけてしまっているのだから。

留守番電話がピーッと鳴り、パットの沈黙を録音しはじめた。パットは一言もしゃべらず、ボタンを押して電話を切った。

夕闇が迫るころ、パットはついに意を決して車に乗りこみ、町を抜けてミシワカに向かった。義母の家の窓は暗く、ガレージには車がなかった。暗くなるまで見張りをつづけ、それから家に帰った。エルマーはいたるところにいて、芝を刈ったり、金槌でトンカンやったり、子供を乗せたおもちゃの車をひっぱったりしているはずだった。なのに、一体も見なかった。

パットのエルマーは、彼女が家を出たときとおなじ場所にいた。窓ガラスは銀箔でコーティングしたみたいにぴかぴか光っている。

「なによ」と、パットはそれに向かってたずねた。「なにか仕事がほしいの?」エルマーは準備OKですとでも言いたげに軽くはね、胸をそらせて(まあ、そう見えなくもないわね)にこにこしている。「子供たちを連れ戻して」とパットは言った。「子供たちを見つけ出して、連れ戻してちょうだい」

それは、すでに与えられていた仕事を中止することと、新しい仕事の拒否または追加説明の要求との中間でひょこひょこ揺れながらためらっているように見えた。マンガみたいな三本指の手、ずんぐりしたぶかっこうな手をこちらに見せた。エルマーは、人間のかわりに復讐したり、不正を正したりはしてくれない。人々はもちろんそれを頼んだ。復讐の天使を求め、自分はそれに値すると信じた。パットもおなじだった。復讐の天使がほしい。今すぐに。

　パットは憤然とそれを見下ろし、しばらくしてから、もういいの、ごめんなさい、ただの冗談だから、べつに本気じゃないの、いいから忘れて、もう仕事はないわと言った。エルマーをよけて、最初は右に足を踏み出したら、相手も右に動いたので、今度は反対側に足を踏み出し、それの向こう側にまわると、バスルームに入り、洗面台のコックをいっぱいにひねって水を出し、一瞬後、とうとう嘔吐したけれど、こみあげてきたのは水っぽい唾液だけだった。

　真夜中近く、錠剤を二つ飲んでテレビをつけた。

　すぐ目に入ったのは、両手両足を広げたスカイダイバーふたりが、空中でたがいのまわりをくるくる回っている場面で、下からの突風にあおられてオレンジのスーツが激しく波立っていた。ふたりは手袋をした両手でたがいの肩をつかみ、空中で体を引き寄せた。ふたりの下には、大地が地図のように広がっていた。このときなにが起きたのか、ふたりのあいだにどんな不和があったのかはまだ明らかになっていませんとアナウンサーが口をはさみ、そしてその瞬間、片方がもう片方の顔をこぶしで殴りつけた。殴られたほうは、相手の体をつかんだ。つかまれたほうもつかみ返した。そしてふたりは、空中でくるくる回転しながら、愛の発露か怒りの激情か、それぞれ片腕を相手の首にまわし、反対の腕は空中腕相撲でもするように、あるいはダンスでも踊るように動かして、たがいのパラシュートを開かせまいと争った。地上では、数千の観衆が恐怖の目で見守っていましたとアナウンサーが言い、そしてそのとおり、パットの耳にも今、千人のおそろしい呻きまたは悲鳴、畏敬を込めた満足の唸りとしか聞こえないノイズが届き、ふたりのスカイダイバーは――死の格闘に搦めとられて、とアナウンサーは形容した――大地に向かってまっすぐ落ちていった。ヘリのカメラは彼らを見失い、かわって地上のカメラが映し出したのは、ふたりでひとりのように四本の脚を必死でばたつかせている姿だった。地上にぶつかる寸前までカメラはふたりを追い、とつぜん前方で立ち上がった群衆が視界をさえぎったが、群衆は絶叫し、カメラのすぐ横にいただれかがなんてこったと言った。

　パット・ポイントンは、この瞬間をすでに二度見ていた。昼の連続ドラマの最中にニュース速報が割り込んできたのだ。パットはリモコンのボタンを押した。ぶかぶかの服を着て黒眼鏡をかけた悪魔的な黒人の男たちが、強烈なビートにのせて動きながら指をこちらに突き出し、威嚇している。またボタンを押した。町の通りで――テロップによればパットの住んでいる町の通りだ――警察がだれかの射殺死体に毛布をかぶせている。ゴミだらけの街路に広がる黒いしみ。パットはロイドのことを考えた。画面の隅に、通りの角をひょこひょこ曲がっていく、お使い途中のエルマーがちらっと見えたような気がした。

またボタン。

心の休まるこのチャンネルで、パットはよく記者会見や演説を見る。半睡状態から何度か目を覚ますと、もう会見が終わっていたり新しい会見がはじまっていたり、重要人物が立ち去っていたりまだ到着していなかったり。殺到するレポーターたちの背中と、そろって低い声でしゃべる政府関係の人間たち。今は洗練された悲哀の表情をたたえた白髪の上院議員が、上院の廊下でしゃべっている。「みなさんにお詫びしたい」と議員は言った。「『高慢ちき』という言葉は撤回します。口にすべきではありませんでした。この言葉でわたしが言いたかったのは、傲岸、冷血、利己的、横柄、つまり対立陣営の失態に喜び、成功に傷つくさもしい根性のことであります。しかし、『高慢ちき』と言うべきではなかった。『高慢ちき』を撤回します」

またボタンを押すと、ふたりのスカイダイバーがふたたび地面に向かって落ちていった。

あたしたちどうしちゃったの？　とパット・ポイントンは思った。

また吐きけの波に襲われ、黒いリモコンを手に立ち上がった。あたしたちどうしちゃったの？冷たい泥の潮に呑まれ、なすすべもなく溺れていくような気がした。ここにはもう、こんなことの真ん中にはもういたくなかった。そもそも本当の意味でここに属していたことなど一度もない、それがわかった。わたしがここにいるのは、なにかおそろしい、ぞっとするような間違いなのだ。

「善意チケットはいかがですか？」

ふりかえり、今はテレビの光で灰色に染まった、その偉大なものと向き合った。それは、小さなプレートもしくはタブレットをこちらにさしだしている。以後、愛はすべて順調。サインしない理由はこの世にまったく、ただのひとつもない。

「わかった」とパットは言った。「わかったわ」

それはチケットをかざして近づいてきた。手に持っているのではなく、体の一部のように見えた。パットは「はい」の上の四角に親指を押しつけた。小さなタブレットは、最近の家電製品によくついている柔らかな肉の感触のおしゃれなボタンみたいに、親指の圧力で軽く沈んだ。投票は登録された、たぶん。

エルマーの姿は変わらず、満足や感謝を示すことも、最初からずっと示していた（という言葉が正しいとして）無意味な喜び以外のなにかを示すこともなかった。パットはまたカウチに腰を下ろし、テレビを消した。カウチの背にかけてあったアフガン編みの肩掛け（ロイドの母が編んでくれたもの）をとって、自分の体に巻きつけた。とりかえしのつかないなにかをしてしまったという穏やかな幸福感に包まれたが、具体的になにをしたのかは知らなかった。錠剤が血管の中でようやく効き目をあらわし、パットはその場でしばらく眠った。消えることのない街灯が部屋に投げかける虎縞の中、じっとしていられないエルマーに見守られて、灰色の夜明けが訪れるまで。

彼女の選択とその唐突さ、切迫感にかられていたことを別にすれば無頓着と形容されてもおかしくない行為について言えば、パット・ポイントンのしたことは、ユニークどころか、珍しいものでさえなかった。世界各地で、われわれが知る地球上の生活に反対し、なんだか知らないがあなたが「はい」と言った（なんに対して「はい」と言ったかについては見解が分かれている）その相手に賛成する票がどんどん伸びていることは、投票結果に如実に表れていた。テレビの知ったかぶりその他大勢は上昇する数字についてくわしく論評し、その過程でどうやら彼らはひとつの合意に達したらしく、政府の役人や新聞記者たちもそれに賛同しているのだが、その共通認識とは、抵抗に対するこの臆病な不同意を、腐敗・社会的病理・恥ずべき非人間的行動の徴候として説明することだった。テレビのニュースキャスターは、これら沈黙の降伏および屈伏を、わが子を溺死させた女たちや愛人のために妻を射殺した男たち、薪拾いの老女を遠距離から射殺した狙撃者のニュースを中継するときと同じ顔で報じたが、それでもなお、じっさい見ていておかしかったのは（パットをはじめ、この選択があまりにも自明だと思えるような魂の動きと根深い疲労感をすでに経験した人々にとっておかしかったのは）、彼らのなめらかで日焼けした顔にもまた、テレビ画面の中では一度も見せたことのない表情、従来はテレビのこちら側でしか、一般大衆であるわれわれの顔でしか見たことのない表情を浮かべていたことだった。なんと呼ぶのか知らないが、ともかくよく知っている表情、一種の麻痺したような切望で、助けを求めにきた子供の顔に浮かぶとまどいの表情に似ていると、パットは思った。

世界の仕組みのある特定の腐敗が明らかになりつつあるのは事実だった。あきらめること、投げ出すこと、ボールを落とすことの顕著な流行。人々の勤労時間が減り、上を向く時間が増えた。もっとも、掃除婦が来る前に家を掃除しておこうと考えるのと同じ原理に基づいて、以前より仕事に身が入るようになったと感じている人々も、それと同じ数だけいた。たしかにエルマーは、争いやわがままや、山積みの雑事を他人任せにすることよりも、平和と協力のほうがいいと実証するために派遣されてきたのだった。

　というのも、エルマーたちはほどなくまた消えてしまったからだ。パット・ポイントンのエルマーは、彼女が善意チケットにサインまたはマークまたは受領したその直後から前より少し不活発になり、翌日の夕方には、パットがずいぶん前からつくってあったものの内心ではぜったいそこまで手が回らないと思っていた雑用のリストをすっかり片づけてしまったあとではあったけれど、目に見えて動きが遅くなった。痴呆症にかかった人間のように、ただにこにこうなずきつづけ、ついには道具を落としたり壁にぶつかったりしはじめるに及んで、とうとうパットも、それの崩壊を見るにしのびず、またそうする義務もないと考えて、(あんまり利発ではないティーンエージャーのベビーシッターとか、移民してきたばかりでうまく英語がしゃべれない雇ったばかりのお手伝いさんとかに向かって言うときの、いささか明瞭すぎる口調で)これから出かけなきゃならない用があるけれど、すぐにもどるからとそれに向かって説明してから、あてもなく町を出て、ミシガン湖のほうに向かって二時間ほど車を走らせた。

　気がつくと、ミシガン湖を見下ろす砂丘に長いあいだ佇んでいた。ロイドとはじめてした場所だが、そうはいっても経験した男は彼ひとりというわけではなく、ロイドははずればかりの大勢の男たちの最後のひとりでしかなかった。だまされやすい甘ちゃんたち。パット自身も手ひどくだまされたものだ、一度や二度ではなく、何度も。

遠く、銀色の水の岸辺が彎曲するあたりに、樅の木が黒くかたまる北の山々が見えた。ロイドが行ってしまった、あるいは行くぞと脅していた場所。ロイドが前に勤めていた会社では社員全員がシック・ビルディング症候群に罹患して、会社を相手どった集団訴訟となり、頭に来たロイドは（もっとも、パットの見るかぎり、症状はさほどひどくなかった）より条件のいい和解を求めて最後まで争ったグループに残って和解金を勝ちとり、その金でカマロのクラシックカーと二十エーカーの山を手に入れた。プラス、考える時間をたっぷり。

子供たちを返してよ、このろくでなし。胸の中でそうつぶやきながら、わたしのせいだと考えていた。してはならないことをしてしまったか、しなければならないことをしなかった、子供たちを愛しすぎたか、それとも愛が足りなかった。

エルマーが子供たちをとりかえしてくれる。疑問をさしはさんでくる理性をおさえつけ、パットは深くそう確信するようになった。想像もつかない未来に対して投票したけれど、投票した理由はたったひとつ、そこには自分が失ったものすべてが含まれているだろう——含まれているはずだ——からだ。わたしが望むものすべて。それが、エルマーの表しているものだ。

夜のとばりが降りるころ帰宅すると、ぺちゃんこになったエルマーの奇妙な染みが、廊下と

（どうしてまた？・）娯楽室につづく階段の途中に、消火器をまちがって噴射したあとみたいに散らばって、バタートーストのような（と彼女は思ったが、ほかの人はべつのものを連想するかもしれない）においをさせていたから、パットはわれわれ全員が暗記しているフリーダイヤルの番号に電話をかけた。

それから、なにもなし。エルマーたちはもういなかった。もしまだ経験していないのなら、あなた以外のほとんど全員の身に起きたことを待っても無駄、どうして自分だけ除け者にされたのか確信はなくても、せめてあなたは、自分ならエルマーの甘言に屈しなかっただろうと主張できる。そしてほどなく、どんなに歓迎されようと、もう新しいエルマーはやってこないという事実が明らかになったのは、マザーシップだかなんだか、その正確な正体はともかく、エルマーの起源に違いないものが遠くへ行ってしまったからで、遠くといってもそれは追跡可能な方向ではなく、ただ遠い彼方、さまざまな追跡・監視装置上でしだいに影が薄くなり、データが少なくなり、細かな繊維になり、とうとう透明になり、見ることができなくなった。消えた。消えた消えた消えた。

さてそれでは、わたしたち全員はなんに同意したのだろう、自分自身と政府の指導を裏切り、日々の忠誠と責任のすべてをかくも不用意に投げ捨てたのは、いったいなんのためだったのか。世界中で、わたしたちはその問いを発している。見捨てられ忘れられた者のあの孤独な宗教に行き着くような問いを。それは、大きくて神聖なものを今か今かと待ちつづけたあげく、自分たちが手にするのは、長い長い、ひょっとしたら一生よりも長い待機と頭上のむなしい空だけだということに気づいた者たちの宗教だった。エルマーの目的が、わたしたちを不満足に、不安に、今度はどうなるんだろうと待つことしかできない状態にすることだったとしたら、おそらくそれは成功している。しかしパット・ポイントンは、エルマーが約束をしたこと、その約束を守ることを確信していた。宇宙は、こういう訪問があり、なおかつそれが無になってしまうほど奇妙な場所でも、ありそうにない場所でもない。他の大勢と同様、彼女は夜空を見上げて（というのは比喩的な表現で、じっさいには、ポナダー・ドライヴの自宅寝室の、その上あるいはその向こうに夜空が広がっている天井を見上げて）横たわり、自分が同意もしくは賛同した短い文章を何度も何度も胸の中でくりかえしていた。善意。空欄にチェックを入れて下さい。以後、愛はすべて順調。「はい」と言いましょう。

　やがてパットは起き上がり、バスローブのベルトをしめて階段を降り（家の中は静かだ、子供たちとロイドがまだ寝ている午前五時にひとり起き出し、インスタントコーヒーを入れ、シャワーを浴び、服を着て仕事に出かけていた頃もやはり静かだったけれど、今はそれよりもっと静かだ）、ローブの上からパーカを着込んで、はだしのまま裏庭に出た。

　もう夜ではなく澄んだ十月の夜明けで、晴れわたった空はかすかにグリーンがかって見え、風はまったくないけれど、にもかかわらず、今の今まで枝にしがみついていた枯れ葉が、一枚一枚、二枚二枚、枝を離れてパットのまわりに舞い落ちた。

ああ、なんてきれいなんだろう。なぜだか、わたしはここに属していないと決断する前よりも美しく見える。たぶんその頃は、ここに属そうとするのに忙しくて、それに気づかなかったんだろう。

以後、愛はすべて順調。でも、以後っていつからはじまるの？　いつ？

そうして立っているとき、奇妙な物音が、遠くのほうから甲高く聞こえてきて、犬の群れが吠えているのか、それとも学校から漏れてくる子供たちの泣き声かもしれないと思ったけれど、実際はそのどちらでもなく、パットは一瞬だけ（これは、多くの人々が顕著に感じた気分だった）これがそうなんだ、約束されていたものの侵入もしくは来襲なんだと信じた。そのとき、北のほうから一種の染みまたは広がる黒いさざなみが空をやってきて、パットは頭上をガンの大きな群れが通過するのを目にし、それにしては声が大きすぎるようだし、どこかべつの場所から（それともいたるところから）聞こえてくるようにも思えたけれど、結局さっきの物音は彼らの鳴き声なのだった。

南に向かっている。巨大なぎざぎざのVの字が、空の半分に広がっている。

「長旅ね」彼らの飛行、彼らの脱出を羨みながら声に出してそうつぶやいたあとで、ううん、そうじゃないと考え直した。脱出するわけじゃない、地球からは脱出できない、彼らは地球で生まれ地球で死んでいく地球の生き物で、おそらくは士気を高く保つために声をあげながら、今はただ自分の義務をはたしているだけなのだ。パット自身と同じ、地球の生き物。

ガンの群れが頭上を飛び去るころ、彼女はそれを得た。どういうわけか、彼らの通過の賜物だった。もっとも、どういうわけなのかは、あとになっても明らかにすることができず、そのことを思うたびに、あのガンの群れを、あの鳴き声を、そのとき感じた励ましだか喜びだかを思い出すだけだった。彼女はそれを得た。善意チケット（哀れな死んだエルマーの手の中にあるそれがありありと目に浮かんだ）に親指を押しつけることで、彼女はなにかに賛同したり屈したり、降伏したり屈伏したりしたのではなく、わたしたち全員もまた、そうしたのだと考え、そうだと願ってさえいるかもしれないけれど、そんなことをしたのではなかった。いや、そうではなく、彼女は約束をしたのだ。

「ええ、そうよ」と彼女は言い、ある種の無色の光が彼女の脳で点灯し、そしてちょうどその瞬間、他の多くの場所の他の多くの脳でも点灯し、その数があまりにも多かったから――それを知覚できるだれか（なにか）、はるか上空の、しかしわたしたちひとりひとりを識別できる場所からわたしたちと地球を見下ろしている者にとっては――暗くなった土地に無数の光が広がっていくように、あるいは、選挙速報マップの増えゆく数字を示すまばゆいランプのように見えたかもしれないが、じっさいには、夜明けのへりが西に向かって移動していくにつれ、わたしたちの脳が、ひとつひとつそれを得て、一瞬の輝きを放っているのだった。

あれらが約束したんじゃない、彼女が約束した。善意。わたしは「はい」と言った、そしてもしわたしがその約束を守れば、以後、愛はすべて順調になる。あたうかぎり順調に。

「ええ」とまた彼女は言い、目を上げて見た空は、あまりにもうつろ、かつてないほどうつろだった。裏切りではなく約束、手放すことではなく手掛かりを持つこと。わたしたちが、ここでひとりぼっちのわたしたちが、その約束を守るかぎり有効。以後、愛はすべて順調。どうしてやってきたんだろう、どうしてあれほどの労力を払ってわたしたちに告げにきたんだろう、わたしたちには最初からずっとわかっていたことなのに。だれがそこまで気にかけてくれるだろう、わざわざわたしたちに教えにくるなんて。わたしたちがどうしたかを確かめるために、またいつかもどってくることがあるんだろうか。

　パットは、氷のように冷たい朝露に脚を濡らして家の中にもどった。長いあいだキッチンに佇み（背後のドアは開いたままだった）それから電話台のところへ行った。

　彼は二度めのベルで電話に出た。もしもしと言った。この数週間の流さなかった涙すべて、たぶん彼女の一生分の涙が、ひとつの大きなかたまりになってのどにこみあげてきたけれど、でも彼女は泣かなかった。いいえ、今はまだ。

「ロイド」と彼女は言った。「ロイド、聞いて。話があるの」

一人の母がすわって歌う

畔柳和代訳

An Earthly Mother Sits and Sings

はるか彼方の遠い地で

海をのぞむ窓に背を向けて、村へおりていくごつごつした道に面した窓の外に目をやると、彼女の家をめざして登ってくる人影が見えた。その男はいささか苦労していた。ときおり風雨にマントをすっかり取られ、飛び立たんばかりに見えるが、マントをたぐり寄せては巻きなおし、石の上に体を引き上げては足をどっしりと据え、じりじりと進んでくる。ひし形に仕切られた窓の波状ガラスに雨が筋をつけているため、小さな人影の大きさと形がどんどん変化しているように見えた。時おり横なぐりの風が窓に当たると、男はおぼれてしまったかのようにすっかり消える。

コーマックだ、と彼女は思った。村からはるばる登ってきて、すでに知っていることを報せにくる気だ。いかにもあの人らしい。この一帯の陸と海の出来事なら私が真っ先に知るというのに。

村を見下ろす高台に建つ家から、丘の東側をうねりながらくだる道ばかりか、海路も長い砂嘴《さし》も見渡すことができる。いずれにせよ、外を眺めること以外にすることがほとんどない。それなのに、彼はいつも冷めた報せを持ってくる。曰く、四人兄弟が乗っていたコラクル舟が満潮で戻ってきたものの、船体に穴があき、無人で砂浜に横倒しになっていた。曰く、東方からイングランド軍の隊列が近づいてくる。兵器もたずさえていて、鎧姿の男が先頭にいる。そんなときはいつも「そうなの、コーマック」と我慢づよく言う。すでに夜明けにイングランド軍を目にしていて、大砲もかぞえ、赤い日差しにきらめく鎧も見ているのだ。だがこれもすべて彼女を愛するがゆえで、おしゃべりで無精な男だからではない。世情を報せに訪れているという建前を、どちらも建前として理解していた。そのせいで彼のことをいやになりはしなかった。だが窓に背を向けながら、いささか苛立ちを覚えた。もう少し分別がつかないものか。嵐のさなかに無駄に登ってくるなんて。

海に面した窓を通して、さきほど見た大きな船が何隻か、なす術もなく徐々に浜に寄ってくるのが見えた。白くふちどられた黒い波がとても高くせり上がるために、ときおり船はすでに水が流れ込んで沈んだかのようにすっかり見えなくなっては、また現われる。一隻は、遠くに、点のような白い帆だけが見える。二隻目は真西にあって、なんとか外洋に留まろうと奮闘している。三隻目は恐るべき定めに自らをゆだねたようだ。陸に一番近い船だ。帆に描かれた赤い十字も見える。横静索がちぎれ、リズミカルにはためいている。それともあれは単に、船が嵐に当たる際に帆柱から上がる雨のしぶきだろうか。船を陸へ運びつつある波は、現実のものとは思えないのろさでせり上がっていくように見えた。ときどき夢のなかでせり上がる、巨大な、物を押しつぶす波のようだ。どこまでも高まっていくような波。白泡のたまりが黒い硝子を囲み、責めさいなまれている砂浜に次々とぶつかって砕けるのは、上昇運動がもう止まらなくなり、せり上がって世界を沈めてしまいそうになる間際だ。

生まれて以来ほぼずっと海を眺めてきたが、こんな災害は初めて目にする。これほど大きな規模で人間の大量殺戮を図る海は見たことがない。同じぐらい激しい嵐も見ているし、さらにひどい嵐も見ているが、どれも陸にぶつかっていたし、陸はいつなんどきも嵐に耐えうるものだ。海は虫の居所が少し悪いだけで村の漁師たちの命を一人ずつあるいは二人いっぺんに奪い、コラクル舟を海の底まで吸いこむ力を持っている。そんな事があると、海の不公平に対して虫酸が走るような怒りを覚える。それにしてもこのガレオン船ほど大きな船は見たことがない。邸宅が出帆しているみたいだ。乗船している人の数は何十人にも及ぶだろう。最寄りの船のマストや索具に豆粒ほどの男たちがしがみついているのを見てとって、彼女はぞくぞくするような恐怖を感じた。風を両面から受けてはためく、草原のように広い帆を切りはなそうとしているのだ。すると突然、海が船をひっくり返し、一人の男が海にふり飛ばされた。

何を感じればいいのだろうか。男たちに対する憐れみか。そういう気持ちにはなれなかった。では、浮遊する城が破壊されていくことの悲惨さだろうか。だが破壊されつつあってなお、これらの城が持っている誇りが、そんな気持ちを禁じた。海とガレオン船という怪物たちの闘いに魅入られ、ひたすら見ていることしかできなかった。

浜に船を運びつつある風は彼女の家もさいなみ、煙突の内側ではやしたて、窓枠にはまっている硝子をがたがた鳴らした。湿った小さな潮風はどうしても閉め出せなくて、入り込んでくる。風向きが変わるときにふと訪れるしじまに、屋根裏で祈っている父親の声が聞こえた。〈アウェ　マリーア　グラーティア　プレーナ　ドミヌス　テクム　ベネディクタ　トゥ　イン　ムリエリブス（めでたし聖寵充ち満てるマリア、主御身とともにまします、御身は女のうちにて祝せられ）〉今晩父が亡くなれば、時にかなうというものだ。自分は海で大勢の人々の命が無駄に奪われていることにとらわれている一方で、なぜかひどく無関心で、憐れみも衝撃も感じることができない。いつの日か、父の力強い、狂った霊魂が肉体をついに手放すときが来たら感じるはずだ、とかねてから予想している罪悪感まじりの苦悩を、いまならば、父の死に際に感じまい。隙間から急に吹き込んだ冷たい潮風に包まれて、彼女はそうなるよう願いかけていた。

一番近いガレオン船は、砂嘴の向こう側で水没した道の石に当たって壊れはじめた。もっと遠くで沖をめざしていた船は戦いに負け、ゆるんだ帆をハンカチのようにしとやかにはためかせながら南方の難所へさっと流れていった。三隻目はもう見えなかった。海が処分したのだ。

向こうで、閂をかけていない扉が開いて、閉まった。突風を感じて、彼女はふるえた。

「閂かけてよ、コーマック」と言いながらしぶしぶ窓に背を向け、玄関へ通じる狭い入り組んだ廊下に進んだ。「本当に馬鹿なんだから、コーマック・バーク」もっとやさしく言うつもりだったのに、思わず語気が強くなった。「こんな天気にわざわざ来るなんて。あの船のことを知らせに来たんでしょ?」

彼女は、そこで立ち止まった。ドアに閂をかけてこちらを向いた男がコーマック・バークではなかったのである。見知らぬ男だった。マントと帽子のつばから流れ落ちる水が床にざっと当たって飛び散った。男が履いている編上げ靴のまわりに水がたまり、近づいてくるときに靴からずぶずぶと音がした。

「どちらさまでしょう」と彼女は言ってあとずさりした。

「あなたが呼んだ人ではない。ずぶ濡れの者です」

しばらく二人は向かい合っていた。玄関広間は暗がりで、男の顔は見えなかった。男が話すアイルランド語はスコットランド系の抑揚があり、その言葉にも湿り気があった。まるで喉に水が入りこんだかのようだった。

「差支えなければ」と男はついに口を開いた。「こちらで少しお世話になってもいいですか。暖炉があれば、あたらせてもらえますか。長くお邪魔はしません」男は両手をゆっくりとかかげ、丸腰だと示しているようだった。暗い廊下で男の両手がほんのり光るように見えるさまは、暗がりで銀製品や、ある種の貝殻が光るのに似ていた。

彼女はわれに返った。「ええ、どうぞ」と応じた。「温まっていってください。お通ししないつもりはなかったのですよ」

男は濡れて重くなったマントを体からはがしてからついてきて、玄関よりも温かくて明るい、家の中心である部屋へ一緒に入った。一瞬男はたたずみ、あたりを見ていた。この部屋について明細目録を作っているか、前に来たことがあるかどうか思い出そうとしているような風情だった。やがて男は炉隅に行き、マントと帽子を木の釘にかけた。

「お客さまはめったにいらっしゃいません」と彼女は言った。

「それは妙だな」と男は言った。男の髪は直毛でコシがなく白髪まじり、顔も手と同じく青白いが、暖炉と灯心草の明かりに照らされると玄関広間で見たときほど幽玄な光は放っていないようだ。目は大きく、瞳は淡い色でものうげな滑稽味をただよわせ、人を落ち着かなくさせる。

「妙ですか。人通りの多い道からはだいぶ外れています。ここまでずっと登りが続きますし」

「でもこのあたりじゃ一番のお屋敷だ。旅人ががんばってたどり着いたら、水一杯よりも多くにありつけそうだ」

この打算に対して憤慨すべきだったが、そんな気持ちになれなかった。男の言い方が率直すぎた。「旅慣れていらっしゃるんですね」と彼女は言った。

「さよう」

「どちらから?」

男が口にしたスコットランドの長い地名に聞き覚えがなかった。男はソアリーと名乗った。

「ソアリー・ボーイのご親戚で？」

「いや、その一族ではない」男がそう言いながらわずかにほほえんだせいで、男が嘘をついているのではないかと彼女はいぶかり、次に、自分はなぜそんなことをいぶかるのだろうといぶかった。「あなたのお名前は？」

「イニーン」彼女はそう言うと目をそらした。

「いかにも」と彼は言った。イニーンとは、アイルランド語で「少女」を意味するにすぎない。

「イニーン・フィッツジェラルドです」と彼女は言った。相手が違えば、これでさらなる質問は阻んだはずだ。ただこのソアリーが相手では、それでは済まない気がした。果たして、どうしてそんな名前の人間がこんな北西部にいるのかと尋ねてきた。

「話せば長くなります」と彼女は言い、窓に向き直った。すでにスペイン船は船体がへこみ、裂け目が一目瞭然だった。いまや船は水を運んで瀕死の牡牛のごとくあえぎながら、泡だつ波の上で浮き沈みしていた。浮き荷、板、樽が見えた。男たちがしがみついているのだろうか。彼女ははっとして急に恐ろしくなった。あれだけ大勢を、海がいっぺんに奪っていくとは限らない。生きのびて浜にたどり着く者がいるかもしれない。スペイン人。スペイン兵。そうしたら、どうなるだろう。

「結局、彼らも人にすぎない」とソアリーが言った。

一日中、船が気がかりで、そのときも船で頭がいっぱいだったせいか、彼女は心を読まれたらしいことを妙だと思わなかった。

「沿岸一帯」と彼は言った。「リメリックからイニショーエンまでどんどん入港している。少なくとも、港に入ろうとしている。大半は難破した。ほぼ全員おぼれかけている」

「なぜ来たんでしょう。あんなに大勢で」

「一人ひとりに理由はない。来る気もなかった。船で来てイングランドを征服するつもりだった。海と風に運ばれてきたんだ」

彼女は男のほうを向いた。炎が後ろから白髪交じりの髪を光で囲んでいるために、男の輪郭がぼやけ、ゆらめいているように見えた。

「どうしてそんなに詳しいんですか」とイニーンが尋ねた。

「目と耳を開いて旅をしている」

「ならば南からいらしたのですね」

彼はこれには答えなかった。高鳴る風が急に金切り声になり、雨が茅葺き屋根に打ちつけてものすごい音を立てていた。外で、留めていない物が風に吹かれて裏庭を渡っていき、そのバケツだかほうきだかが立てた音に彼女はぎょっとした。屋根裏で父親がうめき、大斎《たいさい》懺悔式の式文をぶつぶつとつぶやきはじめた。〈人を頼み、人を力となす者は……罪せらるべし〉

ソアリーは屋根裏の暗がりを見上げた。「ここにはほかに誰が」

「父がいます。病気でして」その真意は、気が狂い、死にそうであるということだった。「召使たちもいます。浜に船を見に行っていますが」

「スペイン人は陸に上がれば殺される。おぼれかけて海から上がったら、順に根掘り鍬や斧で殴られるか、石をぶつけられるか、斬られて死ぬ。おぼれなかった者もみんな死ぬ」彼は穏やかな口ぶりで自信をもってそう述べた。それが既成事実で、何年も前の出来事であるかのように。

「運が悪いんだ、海から上がってきて、命があって、アイルランド語をしゃべれないってことは」

「まさか!」彼女は――ジェラルディーンの一族でノルマン人、アイルランドのノルマン貴族階級ではもっとも由緒のある格の高い家柄で、いかに没落したとはいえ――目下である村人たちについて幻想はさらさら抱いていない。でも、真の友たるスペイン人を、ただスペイン人だからと殺すことは――一線を越えているし、野蛮すぎる。ソアリーはほほえみを浮かべただけだった。例によって、薄い、こわばったほほえみだった。この人のほほえみは、鷹のしかめつらと同じようなものだと彼女は思いはじめていた。性分に由来するものらしく、気分とは関係がないのだ。

「何か食べる物はありますか?」と男は尋ねた。「昨日の晩ご飯だけでずいぶん遠くに来たようで」

彼女は再びわれに返り、遠い地に長く追いやられているせいでどれほど人をもてなすのが下手になっているかを思い知って顔を赤らめ、いま家に何があるか、確かめに行った。思い立って、まだ残っている大きな酒樽のひとつから赤いぶどう酒を水差しに汲んだ。ニシンとパン一斤も持って戻ると、男は炉辺のスツールに腰かけて自分の長くて白い手を見ていた。

「今日の海の吹き込み具合がわかる」と男は言った。目を凝らすと、男の両手は白く光る細かい粒子に覆われていた。「塩だ」男の顔もやはり粉っぽかった。その説明を彼女は受け入れ、こう考えなかった。たしかに長いあいだ海に浸っていた石や流木もかたまった塩で覆われることはあるけれど、自分は一度も経験していない、浜辺で潮のしぶきを浴びながら一日歩いて過ごすことが多いのに。彼女は水を入れた器を男に運び、男は水に両手を浸けた。水がシューッといった気がした。男が濡れた手を出すと、手は再びオパールのように光を放った。

「これでボウルの中は海水だ」と男は言った。「のぞいてご覧、イニーン・フィッツジェラルド」

彼女はのぞいてみた。なぜか漠然とした不安を覚えた。暗い色をした器は、ひびの入った肉厚の古い陶器だ。不可思議な一瞬、たしかに海の全貌が見えるように思った。自分がカモメか神として海を見下ろしているようだった。ソアリーの手が起こした小波が、世界の端に打ちつける潮のように器のふちを洗っていた。水面を動くものも見えた。おぼろでさまざまな形をとりながら、水中にいる生き物たちが立ち上がり、見下ろしている自分を見返しているかのようだった。やがてそれが淡く映っている自分の顔にすぎないとわかった。

彼女は笑ってソアリーを見た。彼はさっきよりもにこにこしていた。彼女の懸念は消えていた。二人で子どもの遊びに興じて仲良くなったような気分だった。それは裸でいるともたらされる喜びに近かった。子どもが裸で楽しむ遊びがもたらす喜びに。さきほど船を見ていたときに感じた、猛烈だが無頓着な喜びと同じものだ。なんらかの魔法にかけられたのだと彼女は漠然と意識した。

それは速い海風と流れる雲の魔力に似ていて、自分を解き放ってくれるものだ。もうやめなさい、頭がおかしくなっている。彼女は自分に言い聞かせた。ずっと一人きりでいたせいだ。なにもかもただちにやめること。体にショールをしっかり巻きつけた。ソアリーはニシンとパンを口にした。栄養を取るために必要なわけではないような、たおやかな食べ方だった。彼は古びた杯にぶどう酒を注いで味を見た。

「カナリーだ」と彼は言った。「しかも上物」

彼女はあまり考えずに杯を手にとり、それを満たした。「異国で何をしているのですか、ソアリー?」

「妻探しだよ、イニーン・フィッツジェラルド」と彼は言い、ぶどう酒を飲んだ。

陸の上では人になり

浜でコーマック・バークが手をこまねいていた。波がつくる斜線が折り重なって海岸に打ちつけている。その音は、次第に大音量になりながらいつまでもとどろかない雷のようだ。コーマックはそれに対抗して叫んでいたせいで声が枯れていた。いまだに破片がいくつか満ち潮に乗って流れ着く。窓枠、樽板。浜一帯のあちらこちらで村人たちが自衛のためにぎゅっと集まった状態で、そうした宝のひとつひとつに駆け寄っては大声をあげている。

コーマックは村人たちを軍隊のようなものに編成しようとしたのだ。先頭には武装した男たちを置く。次にそのほかの男たち。回収を行なう女たち。死にかけている者のための司祭。だが、どうしようもなかった。自分たちには仕事が三つある、とコーマックは人々に説明しようと努めた。怪我人を救助すべし。物品を集めて仕分けるべし。兵士から武器を没収し、当面は捕虜とすべし。なぜなら、イングランドの人間は確実にあの兵士たちを侵略者と見なすだろうし、救助したアイルランド人は全員謀反人と見なすはずだから。いまのうちに武器を没収し、隠せばいい。そうすればいずれ……。だが無駄だった。海は荒れ狂っていた。この軽武装歩兵を編成することなど、できない相談だった。村人たちはわが道を行ったのだ。

いまや浜には砂にほぼ覆われた遺体が三体――四体――横たわっている。だんだん暮れ行くいま、それがスペイン人だと知らなければ、コーマック自身、人体だと認識できないだろう。だがコーマックは知っている。男たちが海から転がり出てきて、返す波の中で類人猿のように立ち上がったとき、みんなと一緒に自分も駆け寄ったのだ。男たちはコーマックに向かって手を差し伸べてきた。「オクスィリオ。ソコーロ、セニョーレス」すると、ともにいたアイルランド人たちは獣のように声を上げ、顔をふくらませ、いつもとはまったく違う顔になって、男たちを殺した。止めに入ろうとしたコーマックも殺しかけた。

いま、コーマックはもっと遠くに立っていた。これ以上見ていて、スペイン人がまた上陸するのを目にしてしまうのはこわかった。村人の狂気をまた止めに入ろうとする気はもう自分にないことはわかっていた。それでも、浜から立ち去ることもできなかった。ああ、銃さえあれば。視界をくもらせる雨に、苛立ちと慙愧《ざんき》の涙がまじった。コーマックは海に背を向け、目線を上げ、突き出た石のすぐ上にフィッツジェラルド家の屋根がのぞいているあたりを見た。明かりはともされているだろうか。ともっているように見えた。

で、あの人たちが上陸してきたとき、どうしたの、コーマック？

俺は何もできなくて、スペイン人たちは殺されたんだ、イニーン。

コーマックはぬかるみから両足を引きはがし、重い足取りで砂利浜を下りながら、海と、あちこちで群がっている男たちを見た。彼方に見える船のマストは、船を支える海の厚板といまや平行になっていた。

この子の父親はわからない

ぶどう酒だけのせいではなかった。でも水差しにぶどう酒を再び汲みにいったとき、彼女は唇と鼻がむずむずして感覚が鈍りつつあることを自覚し、水差しを満たしながら、自分がぞんざいになっていることにも気がついた。独り言をつぶやいた。あのよそ者にあんなにおしゃべりするんじゃなかった。そして声を立てて笑った。

父親のことを男に話したのだ。父はかつて司祭だった。キルデア伯のいとこでもある。イギリス人たちが父をいかに口説いて、新たな制度に入れば女王さまが主教にしてくださると言ったか。結局父はその話に乗り、親戚中の恨みを買った。神への誓いと〈真の教会〉を棄て、ダブリンでイングランド貴族の虚弱な娘と結婚したのである。

この件で親族の恨みを買ったせいだろうか。それとも妻が彼を忌み嫌い、アイルランドの慣習とアイルランドの人々に絶えず嫌悪と衝撃を覚えながら暮らし、イニーンを産んでまもなく亡くなり、家具のごとく堅牢な嫌悪感を遺していったせいか。あるいは、彼がロンドンに手紙を百通送り、二十回ダブリンを訪ねても、イギリス人たちは約束していた主教職に向けて一度も昇進させず、監督の職権すら与えなかったせいか――口約束だけで父を本来の教会から引きぬくことができて彼らはさぞ満足したのだろう。あるいは、父がイギリス人たちから与えられた、説教の聞き手がほとんどいない、空疎な似非《えせ》教会区さえ結局失ったせいだろうか。それはイギリス人および異端に対して、ついにデズモンド伯が――この人は父の遠縁でもあった――蜂起したためだ。教会信徒につるし首にされぬよう、父は海路で救出されねばならなかった。父の頭がおかしくなってしまったのは、この惨憺たる物語のせいか、それとも父の背教に対する神の報復か。イギリス人たちは父を放擲するように北のこの僻地に隔離し、ぶどう酒貿易の一端を与えて――ぶどう酒！　かつて父が言葉によって、その赤さをもってイエスの血に変えたもの！――関税を集めて生計を立てうるようにした。何の役に立たぬ仲介者として。父を狂わせるにはこれで足りたのか。この上、神の報復も必要だったのだろうか。

「でも君は狂わされていないね、イニーン」とソアリーは言い、この物語を浴びせても男が眉ひとつ動かさなかったことを彼女は見てとった。「それに、〈母なる教会〉のために闘ったデズモンドは死んだ。となると、誰の報復だったのかね？」

彼女は満杯の水差しを手に戻った。それを迎えてソアリーは杯を掲げた。彼女は二人の杯を満たした。二滴が跳ねてリネンの袖に血のようにさっと染みた。彼女はさきほどの器の水に袖をひたし、心ここにあらずの状態で押し洗いした。「おぼれたくない」と彼女は言った。「どんなときも」

「海を避けるんだ」

「おぼれる者は海で失われた財宝を見ると言います――沈没船や黄金や宝石を」

「そうなのか。闇を照らす蠟燭でも持っているのか」

彼女は口許をぬぐい、笑い声をあげた。父親が夢を見ながら、大声を出した。むせび泣きだ。何者かに枕で息を止められているかのようだ。今度はもっと大きな叫び声だ。彼女の名前を呼んでいる。目が覚めているのだ。彼女はなんだか申し訳ない気分になりながら、しばらく待った。また寝るかもしれない。だが父は再び彼女の名前を呼んだ。今度はあわれをさそう、動揺にふちどられたなじみの声だった。それが鬼やすりのように癪に障った。「はい、お父さん」とイニーンは穏やかに言って隅の戸棚へ行き、粉の入った瓶を出して杯のぶどう酒に粉末を少し混ぜ、暖炉で灯心草をともし、ぶどう酒と明かりをそろりそろりと屋根裏に運んで行った。

父親の青白い顔が天蓋式寝台のカーテンから外を眺めていた。白い縁なし帽子をかぶり、大きな目が赤らんでいて、おびえたうさぎが穴から外をうかがっているようだった。

「だれが来ている?」と父親が切迫した口ぶりで言った。「コーマックか」

「ええ」と彼女は言った。「コーマックよ」

彼女は父親にぶどう酒を飲ませ、キスをし、一緒に祈った。再び父親がうめくとしっかりと寝かせ、子どもに言い聞かせるような穏やかだが力強い口ぶりで話した。父親は枕にもたれ、打ちひしがれた目で彼女の顔をまだうかがっていた。彼女はほほえみ、寝台のカーテンを引いた。

ソアリーは先ほどと変わらぬ様子で炉辺にすわり、指で杯をくるくるまわしていた。

どうしてお父さんに嘘をついてしまったのだろう。

「それから」彼女はぶどう酒を一口ごくりと飲んで、言った。「海の中に主教がいるそうです。魚の主教が」父親の動物寓話集でそんな絵を見たことがあった。

「そりゃいるだろうよ」とソアリーは言った。「結婚や葬式をやるのにな」

「どんな儀式を行なうのでしょうね」

「それでサバは魚たちの取り持ち役だとも。まったく人間ってやつは!」と彼はほほえみ、かぶりを振った。「自分たちがしたがう戒律に魚までしたがうと思っている。海の十分の一に満たない陸にほんのひとにぎりの人間が身を寄せて、魚の世界の主教を思い描いているとは」

「じゃあ海の中はどうなっているんですか」と彼女は尋ねた。この男なら知っているはずとなぜか信じて疑わなかった。

「一緒に来てご覧」と男は言った。

あの人はどこにいるのやら

だがその晩二人が向かった先は、海ではなかった。男の手はひんやりしていたが力が強く、抗いたくても抗えなかっただろうし、抗おうとは思わなかった。男が大声を上げないようにその口に手を押し当てようかと思ったが、声を上げたのは男ではなかった。

彼女は死んだように眠り、目が覚めると男はいなくなっていた。父親も目覚めて屋根裏から呼びかけていたが、その声にはかまわずに起き出した。太ももの内側をぬるりと流れるものの感触を覚え、血かもしれないと思ったが、違った。血は出ていなかった。

男はまだ遠くに行っていない。そうわかる理由は説明できなかった。あたたかいショールにくるまって外へ出た。空と海はまだ嵐の漂流物に充ちていた。昨日観ていた船がまだ見えた。マストが折れ、岩にへばりついている。マスチフの口に、まだ呑み込んでいないかけらが残っているようだった。砂浜に降りる道をたどりはじめてほどなく、大股で先を行くあの男が見えた。沖に吹く風に奪われないよう、帽子を押さえつけていた。昨夜、スペイン船に乗っていた男たちが上陸したあたりも通った。遺体はアザラシのように黒っぽくてなだらかなかたまりで、砂に半ば埋まっていた。到底、人間の魂が安らげる場所ではない。何はともあれキリスト教徒として埋葬しなければ。コーマックに言って、手伝ってもらおう。

砂浜に横たわる人々の遺体を男は一顧だにせずに、入り江が曲がり、平たい岩が連なって海に突き出る地点まで行った。ときどきアザラシたちがやってきて冷たい体を日に当てている場所だ。次に男は帽子を放り、マントも放り、平たい岩に着いたときには、前の晩に彼女のベッドにいたときのように素っ裸になっていた。やがて男が身をかがめ、岩と岩の大きな隙間に入り込んでいる海草や固い層で覆われた石のあいだに手を差しいれ、身にまとうものを探りあてたとき、彼女は自分のなかにいたものの正体にぴんと来た。初めからわかっていた。だが、いまは確かめて、考える必要があるのだとわかった。じっくり考えるのだ。このことで今後の歳月にどんな結果がもたらされるのか。

男は金貨の入った袋を
女のひざにのせて言う
「私に息子を返して

育てた礼をとってくれ
未来の夫は射撃がうまいぞ
抜群の腕になるだろう
彼が初めて撃つ弾に
この子と私は殺される」

＊この作品に引用されているバラッドは、"The Great Silkie of Sule Skerry"で、セルキーとは、ケルトの民間伝承に出てくる、アザラシ族の神話的な生き物である。（訳者）

客体と主体の戦争

畔柳和代訳

The War Between the Objects and the Subjects

どれほど長くこの戦争がつづいているかは知られていない。主体たちすら知らないのである。戦争の発端を客体たちは覚えていない。客体だから、何も覚えることはできないのだ。この戦争は、主体たちが比喩としての目を開いたことで始まった。その眼前に、頑固で単純化できない他者が立ち現われた——客体である。片やこの侮辱を決して許さず、もう一方はそれを決して認めず、単に存在する以上のことができるものならば、全面的に潔白だと主張したであろう。

初めから主体たちには、客体たちの知らない（客体は何も知らないのだ）生まれながらの有利な点があった。何よりも主体たちは理解する力を持っていた。このほかに伝達、組織化、運営も備わり、いくばくかの指揮系統もあった。当然そこには弱い環もふくまれていたが、弱いとわかってはいるから、もたらした害も比較的少なかったであろう。主体は命令を考えついたり、発したりできた。客体に備わっているのは、拡張と多様性と、主体の前にほぼ絶え間なく繰り出すことができる数々の単純な資質——かたさ、やわらかさ、色など——だけであった。しかしながら客体には、数の優位という強みがあった。数で圧倒的に勝り、死傷者についてはまったく意に介さなかった。

主体には、これが戦争だと理解しているのは自分たちだけだという強みもあった。しかし結局それは強み一方ではなくて、いくつかの重要局面においては不利となり、破滅とすらみなしうることは明白だ。これまで主体に大きな挫折が訪れたのは、概ね、自分たちの有識と、客体たちのかたくなな無知が、歴然としたときである（主体たちから見ての話だ。客体たちは、どの道、何も知らなかった）。事実、主体が客体に仕掛けるいかなる攻撃も、客体が主体に仕掛ける反撃とそっくり同じだと見なしうる。

客体たちのもともとの戦略は、たとえて言うならば（客体にはいわゆる戦略はない）分断攻略だった。しかし敵である主体たちではなく、客体たち自身が分断されるのであり、主体たちの識別力に対してたゆまぬ侵略がなされ、（主体たちにとって）困惑を伴う、（主体たちにとって）おそろしい増殖が行なわれ、これに唯一対抗する手立ては、敵方が同じようにたゆまず新しいカテゴリーを生み出しつづけることだ。不意をつかれてしまった主体がはっと気がつくと、個別に存在し、ゆたかな性質を備えた客体たちの群れに急に取り囲まれていることもありうる。身動きとれぬ主体がパニックを募らせながら意識をあちこち動かしてゆく中、客体たちの数はどんどん増えて、事実上、無限大となってゆく。砂の粒。景色を構成するもの。植物の部分。満ち潮。星。

インチ。幾何学的図形。用具。戦う主体は、これらすべてを瞬時に正しい区分へ押し込めるか、せめて自分が正しいと思う区分に入れなければならない。主体の意識は急速に満たされ、これが有毒レベルに達すると、突発的に理解力が失われる場合もあり、そのときは客体の地位まで少なくとも一時的に成り下がる。これは（主体たちから）「ポーンどり」と呼ばれる状態である。

客体たちの戦略は一長一短だった。それは客体たちの観点から見てのことであり、そのような視点が存在しないことは、はっきりしていた。有利な点は、客体たちの戦略を認識できるのは主体たちだけで、主体と客体が対決するたびに主体がただちに（ときには対決する前から）戦略実施にかかわることだった。不利な点は、有利な点と同じだった。客体が主体に認識される一回一回は、客体たちが数をかぞえうるならば、勝利した数にふくめることができたのだが、主体たちもこれを勝利と見なしていたのである。客体が数多く認識されればされるほど、多くの客体を捕まえたと（主体は）見なしうるのだ。

すでに長年にわたって勝負は予断を許さず、両者は行進と後退を続けている。しかし、消耗戦にはたったひとつの終わり方しかない（本質的に主体たちは消耗戦に従事している）。それは、相手を消耗しようとしている側の勇気と専念の度合いが高く保たれつづけられるならば、という条件つきだ――そして、主体たちが確信していることがひとつある。自分たちは、さらなる客体たちを認識するにあたって、決して降参することも、やめることも、一瞬たりともとどまることも、ない。事実上、どれもできないのだ。

無論、客体たちの見解は異なる。新しいカテゴリーを主体たちがいかに乱造しようと、自分たちの数を効果的に減じることはできない。きわめてゆったりとしたカテゴリー――「一切合切」「今あるもの」「この類のものすべて」「大きなもの」「物質」といった区分のおかげで最後は客体たちが否応なしに降伏すると主体は信じているかもしれない（客体にはそれしか降伏のしようがない）。だが客体たちは賛同しない。いや、賛同できない。客体たちが唯一知っているといえる点、あるいは客体たちが唯一知っているかのごとく振る舞えるといえる点――このふたつを識別すること自体、主体にしかできない――について、主体は暗闇で見張り番をしながら、あるいはさびしい塹壕の中で、考えている。想像を超えた、存在しない心の中で、客体たちはなぜか本当は知っているのではないかと――主体たちが作っている区分が、実はさらなる客体にすぎないことを。きりがないのだ。

　きりがないのだ。このことを主体だけがわかっている。理解されているほかのあらゆるものと同じである。今後、客体が最終的に殲滅されることはないであろうし、不可能だろう。それこそが誓われていることなのだ。それこそが両者が駆使しているあらゆる戦略と兵法に潜む約束だ。戦争はうまくいかないかもしれない。開戦以来、客体にとってあまたの局面で首尾は思わしくない。しかし、この戦争は決して終わることはない。最後の主体が眠るか死ぬかして、ついに瞑目して何もわからなくなるまで、終戦にいたることはない。

シェイクスピアのヒロインたちの少女時代

畔柳和代訳

The Girlhood of Shakespeare's Heroines

一九五〇年代の後半にインディアナ州はシェイクスピア・フェスティバルを主催していたが、このことはあまり知られていなかった。知名度が低すぎて、長続きもしなかったのである。それでも幾夏かは開催され、その様子は、百年に一度現われるとされる幻の町ブリガドゥーンや一片の浮き雲も残すことのない偉大なグローブ座に似ていた。

当時は各地でシェイクスピア・フェスティバルが催されていた。カナダのオンタリオ州ストラットフォードでも始まったばかりで、初期に演出を担当していたのは、巨匠タイロン・ガスリーだった。私は購読していたシアター・アーツ誌に載っていた写真をじっくり眺めたものだ（あの年頃で同誌を定期購読していた稀な少年の一人だったはずだ。クリスマスにほしいと自分から希望したのである）。当初は縞模様の大テントを張るだけだったが、やがてテントのような建物がつくられた。そこはどんな芝居も上演できる舞台装置を備えていて、ローマ演劇、ヴェネチア演劇、イギリス演劇をすべて上演できた。その小さな町でシェイクスピア・フェスティバルをしようと思いついた人物は、体が不自由な復員兵で、ふるさとがシェイクスピアの生地ストラットフォード＝オン＝エイヴォンにちなむことが自慢だった。彼の写真も載っていた。内気そうな二枚目で、杖にもたれていた。

コネティカット州ストラットフォードが主催するシェイクスピア・フェスティバルもあった。だがハリエット・イングラムと私が住んでいたインディアナ州から見れば、オンタリオ州ストラットフォード並みに遠かった。ある夏、ハリエットは家族旅行で海辺に出かけた折に――ハリエットの母親はかつて海辺に住んでいて、ハリエットの父親によって内陸のインディアナ州へ連れてこられていた――コネティカット州ストラットフォードの劇場に行かせてもらえることになった。一家が昼公演を待って広い芝生でピクニックをしている最中にハリエットは劇場へ赴き、ひんやりした暗い屋内に入った。その匂いは、彼女がいまなお覚えている数少ない当時の匂いのひとつである。彼女はビロードのひもを迂回して、無人の観客席の方へ向かった。舞台では一人の俳優が、つり下がっている稽古用の照明一個に照らされて台詞を読んでいた。ハリエットは徐々に近づきながら、大道具を操作する場所を見上げたり、張りつめた空気を吸いこんだりしていたが、突然、足元から床が消え、闇に落ちた。

奈落の深さは二メートル、せいぜい二メートル半だった。なんともありませんとハリエットは言い張ったが、落っこちる音を耳にした俳優は、助けを呼ぶまで動くなと言った。やがて役者たちは力をあわせてハリエットを助け出して舞台裏に運び、脚にできた長い傷を何メートルものガーゼで巻いた。次いでハリエットは劇場づきの医師に電話で話すように言われ、骨折していないか調べるために、医師はハリエットに一連の動きを取らせた。その後、助けてくれた若い役者が劇場をくまなく案内してくれた。楽屋、大道具部屋、稽古場。母親がようやく娘を見つけたとき、ハリエットは新しい友人ほか数名とシェイクスピアについて、教師たちの真ん中に座していた少年イエスのように語らっていた。おそらくハリエットもある種宗教的な光を発していたことだろう。

インディアナ州にストラットフォードという市町村はなかったが、エイヴォンという名の町ならあった。ブラウン郡にある、昔のたたずまいを残すと言えなくはない町で、白鳥を住み着かせうる小川も流れていた。町からそれほど遠くない場所に、かつては夢想的な社会改革者の一派が数百エーカーの農地を所有し、理想の共同生活体を作ろうとしていたが、消滅したか、西部に移ったらしい。その共同生活体が残した物は、煉瓦造りの陰気な寮、木造の礼拝堂、石灰岩とオークの骨組みからなる巨大な円形納屋だった。納屋が丸いのは、彼らの創設者が唱えていた科学的酪農理論のため、および創設者が円の完全性を信じていたためである。納屋の直径は三十メートル以上あり、明かり層と、中央の窓つきの塔から、教会のように光を採りこむ造りだった。一九五五年に特別保存委員会が納屋に初めて足を踏み入れたときは、まだ干草と糞のにおいがほのかにした。雨漏りがはじまっていたとはいえ、ギリシャ神殿のように堅固な納屋だった。

そこでこの納屋について、「歴史」関係者は保存することを望み、「商業」関係者は収益を上げて商売を呼び込むことを望み、「文化」関係者は納屋の利用目的が決して低俗でも下劣でもないことを望んだ。そこへ地元のお屋敷で育ち、ニューヨークで財を築いて地元に戻っていた青年が、シェイクスピア・フェスティバルを立案した。青年の資金と熱意はさらなる金と熱意を呼びこむこととなった。その中には、予期しなかったような出資者がいたことものちに判明する。こうした経緯で大きな円形納屋がエリザベス朝風の劇場に変わりはじめた。エイヴォン・フェスティバルの主催者たちは、この催しを広く知らせ、外部の人々に経費を一部負担してもらう手法のひとつとして、インディアナ州の高校生に見習い口を提供した。選抜される高校生にとって、良質のサマーキャンプに比べていくぶん出費がかさむ程度で（たしか奨学金も数人分あったと思う）、主催者側は熱心な働き手を得られるわけだ。その年高校二年生だったハリエットは、この企画を知って、世の中にはこんな可能性がありうるんだ、と大いにありがたく思い、安堵した。同時に、ひどく不安になった。この好機は自分がつかみとる前にすりぬけてしまうのではないかと。

ハリエットの母親は娘を語るときはきまって「演劇きちがい」と説明していたが、実態はそうではなく、ハリエットはくだらない言い草だと嫌がっていた。その言葉がハリエットに連想させるのは、ブロードウェイとスターの座、華やかさ、自分の名前がネオンで表示されることに対する少女じみた憧れだった。ハリエットの野心は、もっとひそやかで、もっと法外だった。あるとき大きくなったら何になりたいかと両親の友人に問われ——十三歳くらいのときだ——ハリエットは「トラジディーアン（悲劇俳優）」と間違ったアクセントで答えた。

ハリエットと私はそれぞれ州の両側で育った。彼女の両親は、州東部のリッチモンドにあるクエーカー系の小さな大学で教えていた（歴史と経済）。私の父はウィリアムズポートで弁護士をしていた。ウィリアムズポートの家は大きな四角いイタリア風建築で、大邸宅に近かった。その家を建てた母の祖父は州知事代理を務め、グラント大統領のもとでペルー大使だった。玄関ホールにある高さ三メートルのオルモルの鏡はペルーのものだ。

ハリエットは古臭い公立高校——ガーフィールド高校——に通い、放課後にダンスのレッスンを受け、週末は乗馬をし、本を読んでいた。濃密な、取りつかれたような読み方で、退屈に対する、いまや世界から消えた（と私には思える）大いなる忍耐をもって読んでいた。イザドラ・ダンカンやメイ・ウェストに関する本を読み、ショーを読み、ミルトンの『コーマス』、バイロンとフェドーの戯曲、ワイルドの『サロメ』を読んだ。そして、シェイクスピアを読んだ。家にあったシェイクスピア全作品集の一巻本を持ち歩いていたので本の背表紙が割れ、へりに手垢がついた。もちろん主要戯曲は読んでいたが、いまも『リア王』は未読で、前から変わった作品に目を向ける傾向があった。『シンベリーン』『尺には尺を』『トロイラスとクレシダ』。彼女が当時読み、いまなお覚えている変わったものにはつねに驚かされる。いっぽう私は家族が興味を持っていた小さな私立校に入学し、一年は喘息のために（いまで言う）「ホームスクール」で学んだ。喘息は、いまはほぼ完治している。要するに、二人とも頭がよく、家で大事に育てられた孤立した子どもだった。彼女は一人っ子なので孤立し、私は四人の姉妹と兄一人に囲まれてはいたが、まわりには何もなく、演劇を夢想していた。当時の私は「シアター」のつづりとして、米国式（Theater）よりも英国式（Theatre）を好んでいた。

　私が抱いた類の誇大妄想は、私なみの成績をとっていた子どもには、稀ではないものだろう。私は支配と栄光を夢見ていた。野心と知識はおおむね書物から得たものだった。ハリエットと同じく観劇体験はあまりなく、なるべく観るよう心がけてはいた。観ればどれも滑稽なくらい物足りず、恥辱的にすら思われて、私が深爪になるまで爪を嚙み、座席でもぞもぞと動くので、私の肩を母がぐいと押さえて静めたものだった。

　私が夢に描いていた舞台演出の大半が、三、四十年も前のものだと、当時の私は把握できていなかった。当時夢中になっていた作品集や薄い専門書《モノグラフ》はどれも、町立図書館が昔「演劇」コーナーに購入したものだった。私が研究していたのは、ワイマール共和国でマックス・ラインハルトが演出した壮大な芝居やゴードン・クレイグ（イザドラ・ダンカンの恋人）が手がけた舞台装置だった。この図書館で、ギリシャの劇場を建てて野外劇を上演する方法を説明する本を見つけたこともある。母を説得すべく、うちのゆったりと幅のある裏庭にはこんなギリシャ劇場がぴったりだ、大きなポプラが並んでいる手前に劇場を作ればいいし（本の挿絵がポプラだらけだった）、イオニア式のこういう柱はどこの建築用品店でも十ドルで買えるんだよ、などと言ってみた。だが（母が笑って示したとおり）それは一九一二年に出た本であった。

すてきな話だとハリエットは言ってくれた。エイヴォンで彼女にこの話をしたのだ。あそこでお互いに見習いとなった夏、何もかもが変わったあの夏に。ほぼ毎晩、見習いたちが熾すキャンプファイアを囲み、燃えない程度に火から離れ、蚊の熱意を殺ぐ程度に煙のそばで過ごした。ハリエットは私の話に耳を傾けてひとしきり笑ったあと、コネティカット州ストラットフォードで奈落に落ちた話をしてくれた。その話が終わるころには誰もが引き込まれていた。

私たちがめざしていた方向へその後も進む可能性が高いのは、ハリエットだと当時は思われた。私が思い描いているものを実現しようとすれば、どれも大金がかかり、協力者も大勢必要だし、暴君のような独断と、人の上に立って物事を取り仕切る気概も必須で、私にはそれらがまったくないことがやがて判明する。だがハリエットの場合、必要なものはすべて本人から生み出された。彼女が作れば、増えていく。それは歴然としていた。あの頃すでに私にはわかっていたのだ。

*

ハリエットが生まれて三十八年目の六月半ば、高気圧で快晴の日だ。ハリエットは早起きをして、カメラを持って写真を撮りにいく。

カメラは8×10インチの大型の感光板カメラで、つややかな木材は桜と黒檀。真鍮の付属品、革の蛇腹。自分の持ち物のなかでいちばん美しく、心を打つ物だとハリエットは思う。入れ子式にたためる三脚も木材と真鍮製で、大きなガラスの目とあわせて、ハリエットにとっては持ち物というより親戚に思える。やせ衰えた大好きなおば。病身だがいまも陽気な夫。〈たった一回一度でも（とハリエットは歌う）あなたは見たことありますか、三本あしの船員と、四本あしの奥さんを〉。

ハリエットはこのカメラにフィルムではなく紙を入れて使っている。普通のパンクロ印画紙である。露光するとネガとなり、別紙と接触させると焼きつけができる。それにより生じる像が精密で見事にこまやかでありながら、やわらかみを帯びて抽象化されているのは——ぬくもりが加わると同時に冷めた感じも加わる——光が通過するのが透明なプラスチックネガではなく、ざらつきのある紙のネガだからである。そもそも初期の写真のネガには紙が用いられていた。

この朝、ハリエットは自宅バスルームの黄色い安全光のかたわらで紙が入った箱から六枚を出し、三つの取枠の表と裏につける。六枚分。今日のような日でも、一回の外出でそれ以上は撮らない。黒いベークライトの滑走部《スライド》を紙の表面にすべらせて戻し、紙を閉じ込める。それぞれの時が来るまで、紙はまったき闇のなかで安全に保たれている。

カメラは解体してたためば、愛車ラビットの後部にうまく収まるが、カメラ、三脚、取枠を入れた袋を運ぶためにハリエットは三往復せざるを得ない。早朝に町を抜け出して、川から登っていき、人がもうほとんど住んでいない古い農耕地がある地域に向かう。ハリエットは古い森にふちどられた丘陵の野原を撮るのが好きだ。背の高い菅《すげ》の頂点に、ななめに注ぐ日差しが火を灯しているように見える、影の濃いときがいい。もうひとつ好きなのは、楓の古木が並ぶ未舗装路。あちこちで葉の群れを日差しが選ってはステンドガラスのように輝かせ、ぐっと丸めた背中のような道に日差しがトラの縞のような模様を描いているときだ。

いまの自分と違ったら、何が一番したかったか、ハリエットと話し合ったことがある。私はたしか――いや、自分が言ったことは忘れたが、ハリエットはこう言っていた。前から思っているんだけど、風景画家が不幸せになることはありえない。少なくとも仕事上は不幸せなはずがない。いまだってそう思ってる。ただしそれは自分よりも絵が上手いか、上達する見込みがある場合にかぎる、と。ハリエットは若い頃、いっとき絵を描いていたのだ。だが一日かけて描いて、次の日にまた絵を見たときに、自分が見たもの感じたものはこれだと描いたものが主張しても、現実とかけ離れていてちっともうれしくなかった。幸福の反対だった。しかし、これらの写真にはそんな落胆は伴わない。これらの写真がもたらす喜びはいささか淡く、はかない。カメラを設置して露光するまで三十分（急げ、急げ、地球が回って、光が変わる）、陽画《プリント》完成まで一、二時間。でも、真の幸せをもたらしてくれる。ハリエットが思うに、風景写真の大半は、世界から作りだされたというよりも奪ったように見える。でもこれらの写真は、フィルムではなく紙ネガから作られているおかげでその感じはない気がする。どこか恥ずかしげで、遠慮がちだ。絵画ではないが、絵画がもたらすような満足感を部分的にもたらしてくれる。それに、彼女の店でもけっこう売れているそうだ。

九時になると、もう日差しはハリエットの好む効果を生まない。四枚撮れた。車の乗り降り、三脚の扱いと自分の四本脚の扱いに、予想以上にくたびれた。三脚は後部座席に寝かせ、その上にスチール製の松葉杖二本（えび茶色、エナメル引き）を載せる。

ハリエットの車は町に戻り、信号で停まって私の車とならぶ。彼女が呼びかけてくる。

「ニュース、聞いた？」

「何の？」

「ローマ教皇が殺されたって。いまラジオで言ってた」

「ああ、聞いたよ。でも死んでない。怪我しただけ」

「そう」彼女は赤信号を見やり、私がもっと見えるよう、席の上で体をずらして寄ってくる。「こないだ訊かれたこと、考えているの」と彼女は言う。「考えているから」

「で？」

「考えているんだ。じっくり」と彼女が声をあげて言った。

その前の月、胸の鼓動が激しくなる五月に、私はハリエットに結婚を申し込んだ。彼女の返事はまだない。信号が変わり、私たちは別々の方向へ曲がった。

＊

〈インディアナ州エイヴォン・シェイクスピア・フェスティバル〉の選考通過者（あの年は、応募者のほぼ全員だった。いまも昔も州民の大半にとって、シェイクスピア・フェスティバルなんて夏の過ごし方として考えられないのだ）に五月に届いた案内の便箋には、ペンを手にしたふくよかなシェイクスピアの胸像が描かれていて――いまになれば、ストラットフォードの墓に載っている記念碑のエッチングだとわかる――同封されていた持ち物をめぐる指示は、大方のサマーキャンプと大差なく思われた。雨具、セーター、毛布、運動靴、家に手紙を書くための筆記具。持っていく短パンと靴下すべてに、私の名前が記されたテープを母が縫いつける様子を眺めたものだ。

私たちは州内各地から車かバスに乗って指定された日に町に着いた。町の地理は知らず、劇場へ行く道も集合場所までの道順も知らなかったが、実際に目にした町は意外に小さく、みなが集まっている場所も一目でわかった。川辺の小さな広場だ。北軍の兵士がひとり立つ御影石《みかげいし》の小さな台座に町出身の戦死者の名が刻まれていた。

集合した時に見た人でいまなお覚えているのは彼女くらいだが、別にあの日にいちばん目を向けたわけではなく、いちばん興味を引かれた相手でもなかった。違うのだ。ハリエットは独自の装いと見た目を備えていて、私が受動的に作り上げていた、見たいものの概念にあてはまらなかった。インディアナ州北西部《ザ・リージョン》から来たタフな少女たちは、髪型は蜂の巣《ビーハイブ》を好み、コール墨のようなマスカラで目をふちどり、たいてい淡い色の口紅をつけていた。田舎娘は金髪を外巻きにして、今回の移動のためによそ行きのストッキングを履いたうえからボビーソックスも履いていた。ハリエットはいつもゆるやかな農民風ブラウスや多色使いのゆったりしたスカートをまとい、ぺたんこの靴かストラップのないサンダルを履いていた。干草みたいな髪はせわしくかきあげられ、本来の眉よりも高い位置に描かれたオレンジ色めいた変な眉が、ピンクのキャッツアイめがねの上から覗いていた。頬はバラ色だった。それが化粧かどうかはわからなかった。きちきちしすぎる嫋《たお》やかな身のこなしはダンサー特有のわざとらしい所作だったが、当時の私はそれも認識できなかった。彼女は自分のままでいた。彼女は〈自由人《フリースピリット》〉だった。

「ハーイ」

「ハーイ」

「どっから来たの？」

「ウィリアムズポート」

「え……？」

「――の近く」

「ああ、そうなのね。よろしく」

「よろしく」

どうして彼女は私に挨拶してきたのだろうか。当時、私は自分について、とくに目立つとも、人目を引くものを持っているとも思っていなかった。着ていた服も覚えていないが、人をうならせる要素はなかったろう。そんな方法をそもそも知らなかった。おそらく「内気《シャイ》」という言葉がぴったりなのだが、多くの内気な人々と同じく私も、受容と歓迎を表わすしかるべきしるし（といい、）当時の私が理解していたもの）さえあれば、愛想のいい人たち以上に自分のすべてを差し出せるのだ。

午後には町の中心に全員が集合していた。みんな無骨な鞄やスーツケースを持っていた——当時、バックパックはまだ広まっていなかった。ハリエットが、プードルのアップリケのついた鞄を二つ持っていて、ひとつは、錠剤入れみたいに丸かったのを覚えている。予定では、演劇祭の総監督が顔を出し、共同演出者で見習いの面倒を見るロビンが出迎えて指示を与えるはずだったが、まだ誰も二人の姿を見ていなかった。見送りに来た父兄はステーションワゴンの脇に子どもと並び、子どもたちはいまにも抜け出そうとしていた。私たちは総勢二十名ほどで、すっかり成長している者もいれば、まだ幼い者もいた。当時はっきりそう認識した覚えはないが、そうだったはずだ。

すると——お得意の見事な登場を決めた——ロビンがすぐそばにいて、驚くべき、思いがけない宝物を見つけたような表情を私たち一人ひとりに対して浮かべていた。《ああ、すばらしい新世界だ、こういう人たちがいるとは！》父兄には格別丁寧に応対していた。妻のサンディも隣にいて、ロビンと同じように振舞いながら、夫のパフォーマンスを楽しそうに見つめていた。あの二人のように美しい人々の近くに立つのは、あのときが初めてだった。サンディはやわらかな白いシャツの襟を立て、カプリパンツのポケットに両手を突っ込んでいて、私にはキム・ノヴァクのように見えた。くぼんだグレーの瞳も、やわらかな感じも一緒だ。その後、彼女はノヴァクのように時折ノーブラでいることもあったのだ。ロビンは細身で鷹のように眼光鋭く、頬はこけていた。二人とも驚くほど小さかった――実際に小柄ではないが、人物の大きさや与える印象に見合うサイズに比べると、小さいのだ。

見習いたちの宿泊所は、一年以上使われていない、近所のサマーキャンプの施設だった。小屋はほこりっぽく、マットレスはかびくさかった。いまでもときどきあの匂いを思い出す。舞台監督の助手夫妻が見習いの指導員もしくはお目付役だった。毎朝おんぼろバスがわれわれ二十人をスワン座（劇場に変わりつつある納屋がそう呼ばれていた）まで五マイル乗せていき、一日の終わりにまた送ってくれる。キャンプでは晩ご飯に子ども向けの料理がたっぷり出る。ツナのキャセロール、スパゲティ、スパム。厨房スタッフが残り物でつくったサンドイッチを箱に詰めて弁当として渡してくれる。

終日、私たちはスワン座で掃除やペンキ塗り、座席づくりをして働いた。つまりただ働き要員だが、そんなことは気にならなかったし、どんな仕事もいとわなかった。不平を漏らしたり、仕事を拒んだりする者がいれば、すぐに志願者がとって代わる。私の場合、学校などで無理やり参加させられた場合以外にスポーツをしたことがなかった。チームの正選手に選ばれた経験もなく、キャンプやグループ作業も未経験だったので――自分で主催した見世物や芝居の作業をきょうだいに割り振ったときと、高校最後にやった劇は別だ——この一団に入れたことは神秘体験に近かった。その一方で、みんなから逃れ、馬鹿騒ぎから抜けて隠れる手立てもしょっちゅう見つけていた。難しいことではなかった。日々送迎してくれるずんぐりした小型バスは町の中心街も走行して、民宿や誇り高い市民の家に宿泊している役者やスタッフを乗せていた。私はバスで町まで行き、メソジスト教会の階段に腰を下ろしたり、涼しくて本の匂いがする小さな図書館に行ったり、通りに立って、自分の裡に定着した、名状しがたい素晴らしい気分を味わったりした。それは、自由もしくは自由に勝るものだった。社会全体が共有している現実の膜を、自分から求めたわけでもないのに、なぜか私は通過して別空間へ移っていた。そこでは、物事のありさまが異なっていた。そこではシェイクスピアが重んじられ、ほかのことはさほど重視されず、私が知っていることに意味があり、私が知らないことにたいした意味はなく、しかも真夏だった。

昔から私は役者とつきあうのは苦手だが、あの劇団の役者たち（大半は役者を志望していた）は自己顕示のキャリアが始まったばかりだった。不機嫌な似非ジェームズ・ディーンや似非マーロン・ブランドたちが黙々と煙草を喫いながらランボーやケルアックを読んでいた。大げさに感情を吐露するタイプは、役者でございと自己定義すれば、実際の自分すら真似事にすぎないのだというふりができる上、何のおとがめもなく済むことを見出していた。ナルシストの卵たちの中には、自己陶酔を内に秘めているタイプもいれば一目瞭然型もいて、自分で自分に割り当てた重要性を失うまいと汲々としていた。あの夏、彼らが即興で演じた数々の劇的状況は、私には不思議かつ不愉快だった。一九五〇年代で男の涙も女の涙もいちばん目にした場所だ。そんなとき、私は神経質に笑いだす傾向があり、それは最良の対応とは言いがたい。

ハリエットは違った。彼女は人の喧嘩や衝突を貪欲に求めながらも、やんわりと茶化しているようだった――観察をする相棒として選んだ私とともに。なぜ私なのかはわからなかった。

ハリエットは違った。キャンプファイアで必ず私を見出し、私の煙草を一本抜き（私は煙草を通して大人になろうとしていた）、火をつけさせてはくれるが、すぐに炎に投げ込んでしまう。私のことは「君《ディア・ボーイ》」と呼んだ。滑稽なほど礼儀正しい年配の役者が、男を全員そう呼んでいたからである。ハリエットは毎朝寝坊し、箱に詰めた弁当を渡してくれる不機嫌な女性を素通りしてバスに飛び乗り、振り向いて私に微笑みかける。バックミラーで見ているのにもときどき気がついた。どうしてかはわからなかった。いまもわからない。しかし私もミラーを堂々と見返し、視線をそらさなかった。それで充分だったのかもしれない。

われわれが参加してからまもない平日の夕方、ロビンが全員を業務から呼び寄せ、原っぱにたった一本そびえている大きなオークの木のもとへ集めた――そこはかつて農家の庭で、重機が届き次第、駐車場になる予定の場所だった。重機は果して届いたのだろうか――その木はストラットフォードのオークとよく似ていると私たちは聞かされ、イニシャルなど刻まぬよう厳しく戒められていた。

オークのそばにしゃがむロビンの横に、見たことのない人が椅子に腰をかけて、両手を膝に載せていた。その椅子はその人のために、フェスティバルの事務室というか、事務室を設置する予定の寮舎から運び出されていた。男性はシアーサッカー地の背広を着て淡い色の蝶ネクタイを締めていた。その場で目につく唯一のネクタイであり、唯一の背広だった。椅子の横に置かれた、ベルトのついた革の古い書類鞄がくたびれた犬みたいにだらんとしていた。

全員集合すると（敷地の端から遅れてやってくる者もいた）ロビンは立ち上がり、ズボンの尻を手で払い、みなを見渡した。私たち見習いはすぐに黙った。ロビンの権威もしくは彼が演ずる権威に免疫があるのか、数人の役者が話をやめなかったので、ついにロビンが両手を上げて黙らせた。間をおいてから、ロビンは口を開いた。

「このフェスティバルの舞台の進行に大いにご尽力くださった方にご挨拶するため、みなさんに集まってもらいました」と彼は言った。「この方のご支援がなければ、今季の開催はおそらくなかったでしょう」坐っている男性にロビンは目線を落とした。男性が浮かべていた微笑みは熱心な、また申し訳なさそうなものであった。「本日お迎えできて、たいへん光栄です。進捗状況を確認なさりにはるばるいらっしゃいました。今日はみなさんにきわめて大事な話をしてくださるそうで、少し時間がほしいとおっしゃいました。これからなさるお話はみなさんが考えたこともないことかもしれません」

次にロビンは男性へ手を差し伸べ、彼の名前を言ったが、あれ以来どうしても思い出せない。派や意見を同じくする人々の名前の中にもこれと思う名前はないが、彼らが自費出版している刊行物、冊子、本のどこかにあの名前は記されていよう。礼儀正しい拍手に応えて男性は片手を挙げたが、立ち上がらなかった。見た目は学者風、首が長く、色白だった。しょうが色の髪は長くて細く、話の途中でときどき吹くそよ風になびいた。

「どうもありがとう、ロビン」最高にあたたかくてやさしそうな、気取らない声で、大事な話をする前から聞き手がにっこりせずにはいられない類の声だった。「手短に話すと約束します。みなさんが準備できる時間が限られていることは知っていますし、ロビンを怒らせたくありません。でもみなさんがここで働き、学ぶ数週間に考える種を何かしら提示したいと思います」

男性が坐ったままだったことが、私たちに彼をいっそうじっくり観察させたと思う。少なくとも私はそうだった。茶色いウィングチップの靴は、歩くために使ったことがないように見えて、左右とも鐙《あぶみ》のような金属の帯が中央に巻かれ、金属はしわの寄ったズボンのすその内側へ上がっていた。椅子の後ろの芝生に杖が一組置かれていた。後年、私はあの杖を思い、装具についても考えた。問い合わせてみたいと幾度も思った。ずっと前にほぼ偶然記憶していたことの中に、自分の人生の道筋が定まったあとで初めて、ほかのものよりも予期的あるいは重要に思える事柄があるものだ。

「みなさん」と彼は口を開いた。「少年少女そして大人がこの美しい場所に集まって、英語の最高の書き手の作品に一日じゅう浸っているのは幸せなことです。実にうらやましい。でも、あの賢明で機知に富む、情熱あふれる作品を書いた男がいったい誰か、一度でも考えてみた人は何人いるでしょう。あの男は誰だったのか？　まずは彼が書いたとされる戯曲を最初にあつめた全集『ファースト・フォリオ』に付された絵を参考にして知ろうとしても、わかることは少ないですし、実は、実在の人物を描いた絵に見えないのではありませんか。どこか非現実的で、見れば見るほど非現実感が強まります。全集には問題の絵と向かいあわせに詩が載っています。詩によれば、その絵は生き写し、生前の彼とそっくりだそうですが、奇妙な絵ですから、この詩は冗談ではないか、ひょっとして内輪受けではないかと思えます。結局この詩は私たちに『絵は見ずに、本を見よ』と言って終わります。振り出しに戻るわけです。

記録を調べることによって、彼が生きた時代に書かれた、彼の人生に関する記述を探すこともできます。生活ぶり、友人やファンに与えた印象、ことば。もちろん、ほとんど何も残っていません。不朽の名作をあれだけ書いたとされる男について、われわれはほとんど知りません。書簡は一通も残っていません。それらの劇を上演した劇団には、彼と同名の男性が役者として記されています。いくつかの法的文書に疑わしい署名が残されています。この役者は出身地のストラットフォードに隠遁し、何度か訴訟を起こし、遺書に署名して死んだ。その程度です。遺書は戯曲にも原稿にも触れず、書物にも一切言及しません。ひょっとすると蔵書はなかったのかもしれません。この人が自分の作品に関心がなかったことは確かです」

彼はポケットから大きなハンカチを出し、顔をぬぐった。オークの下に立つ私の位置から、スピーカーの横で地べたに腰を下ろしているハリエットが見えた。ガーゴイルのように頬をこぶしにのせて、うっとりしている。あるいは、そのように見せていた。

「なるほどそういうことならば」と彼は言った。「これらの詩や劇の作者について、知りたいことをほとんど知らないと告白するとしましょう。作者と同姓同名もしくは名前が似ている役者の考え方や意見について、やはり何も知らないことも。名前が似ていると言うのは、現存する文書に記されている名前のどのつづり方も、いわゆる『ファースト・フォリオ』と異なるからです。ならば、方向転換が必要です。作者について作品自体から学べることはないか確かめるべきでしょう。大半はもちろん戯曲で、個人の見解でも詩的な自己表現でもない。でも、すべてがそうとはかぎりません。個人的な、きわめて個人的な文章も多分にあります。ソネットです。そして戯曲の中にも、考え方が隠喩を通してあらわれることもある。作者の知識と思しきことがわかるし、それらが詩的な比較などに用いられている。これを念頭に置いて作品を検討すると、何が見えてくるでしょう？

そこで私はリストを作ってみました」と彼は言い、いくらか自嘲気味に、にやけた。「リストを作るのは私が最初じゃありませんし、頭の中で自分なりに作っている人はみなさんの中にも大勢いると思います。こんな人物だったんじゃないか、と」彼はブリーフケースを開け、少し捜してからタイプで打った紙を数枚取り出した。

「まず第一に、見たところ男だったらしい」と言って彼が顔をあげたので、みなでうやうやしく笑った。

「古典教育を受けたらしい」彼は手にした紙を見遣っていたが、見なくてもいいことは明らかだった。「作品でたびたびギリシャとローマの古典に言及している。イタリアにきわめて詳しく、ヨーロッパのいくつかの地域にも同様に詳しい。たとえばフランスのナバラ。イタリア語も読む。作品を執筆していた当時、英訳されていなかったイタリアの物語に基づく戯曲が何本かある。ほかに何が言えるでしょう。ソネットに描かれる人物はあるとき貧乏で、失脚し、追放されて異郷で暮らした。追放だというのは、最愛の人から遠く離れていることをかこつソネットでは、それが強いられているようにひびくからです。こう言っています。『運命の女神に見放され、人にはさげすみの目で見られるとき、ぼくは四面楚歌の状況にひとり涙する』」

男性は顔を上げ、われわれを見た。「彼はソネットで何度か自分を足なえだと言っています。興味深いことです。『私も、運命の女神に手ひどく憎まれて足なえになりはしたが』。この足の不自由さは隠喩的なものでしょうか。まあ、そうかもしれない。でも、一度ならず言っています。『私が足なえだと言いたまえ、ただちに足を引きずってやる』。つまり「よろめく」という意味です。

さて。

あと数点あります。この人は法律を知り尽くしている。さまざまな状況で法律用語が絶えず出てくるので、おそらく法律の専門教育を受けているでしょう。もうひとつ推測できるのですが、批評家の意見は割れています。ソネットによれば、少なくともある時期、当時の学識者がパイディラステスと呼ぶ、いまの言葉では性的倒錯者と呼ばれる人ではないかと」
そう言うと彼は紙をたたんで丁寧にしまい、反芻する時間をくれたようだったので、私たちは、少なくとも私は考えた。誰かが自分を狙って、ウィルなら「策略《ジン》」と呼ぶようなトリックか罠を仕組んでいるような妙な気分になってきた。話し手の控えめな態度、穏当さ、柔和さも、策略の一部に思えた。

「さて」彼は上着を脱ぎ、その際にも立ち上がらなかった。腋の下に丸い汗じみが見えた。「仮に、問題の劇作家の名前をみなさんが知らないとしましょう。執筆した時期は知っていて、当時イギリスで暮らしていた人々にもくわしく、誰がこの作家であってもおかしくないとします。似たような名前の役者風情でなくてもいい。誰を疑いますか。どうやって検索条件をせばめますか。もしも刑事か私立探偵だったら、虫眼鏡や懐中電灯をどこに向けますか。

おそらくみなさんすでにご存じか、大勢がご存じでしょうね。ロビンは当然知っているように、この件について前から探索がなされているんです、シェイクスピア (Shakespear) またはシャクスペア (Shaxper) またはシャグズバード (Shagsberd) なる人物は、作品と相当ちぐはぐではないかと疑問がもたれるようになって以来ずっと。

作家が別人だったなら、素性を伏せていたわけです。手始めにわかっていることはそれだけです。彼は正体を隠していた。おそらく理由があったのでしょう。えーと。一度でも疑わしいと考えられてきた人たちの何人かについてなら、私もお話しできます。いま考えた条件、さらにほかの条件にもあてはまるだろう、とさまざまな探偵たちが推定した人々です。

そこにはクリストファー・マーロウやエドワード・ダイヤーなど学識ある詩人も含まれていま す。間違いなくマーロウは少年愛者《ペデラスト》でした。もちろんシェイクスピア劇が世に出る前に殺されていますが、本当は死んでいなかったのかもしれない。オックスフォード伯もいます。彼は芝居や役者を大いに好んでいましたが、大衆演劇とのかかわりを明かしたくなかったのかもしれません。でも残念ながら彼はいくつかの名作が仕上がる前に亡くなっています。ある候補は、男ですらありません……書いたのはエリザベス女王であると主張した人もいるのです」

彼は間をとって、自分と一緒に私たちも驚嘆するのを待った。そして再び顔をぬぐった。七月の昼下がりのインディアナ州は、きわめつきの暑さなのだ。

「でももう百年近く、一貫して、研究者から最有力とされている名があります。その人は教養人で宮廷にも貴族にも詳しく、弁護士の資格も持ち、政界の中心人物の一人でしたから、芝居を手がけていることを伏せておきたい理由があってもおかしくありません。作品に署名を残した可能性もあります。この人は暗号や組み合わせ文字に関心があり、自分でも作っていた。間違いなくパイディラステスでした。そのことは、はっきりと立証されています。その人の名は、フランシス・ベーコン」

その名前が広まるあいだ、私たちはざわざわしていた。うなずく者、腕を組む者、にやける者。賛同したからか、予想していた名前だったからか、または予想していた名前ではなかったからか、あるいは単にこの短いスピーチが佳境に入ったことを認めてのことか。

あの日、あの男性はベーコン説をさらに展開したはずで、自分たちに向けられたスピーチをここまで再創造した要領で、続きも再現できる。細部は覚えていない。だが、締めくくりの言葉は覚えている。

「意見を押しつけに来たわけではありません」と男性は言った。「このすばらしい企画を始めるお手伝いができて、今後上演される芝居の支援ができたことを幸運に思います。その劇が誰の名前とむすびつけられているにせよ、また、よそではなくここで行なわれる理由が何であろうと」

男性がうしろに手を伸ばし、芝生に落ちている杖を求めて探りはじめたのでロビンがさっと拾って渡した。男性が立ちあがるまで私たちは見守っていた。

「でも、これだけは覚えておいてください」と彼が言った。「物事は、かくあるべしとずっと思ってきたあり方でなくてもいいのです。発言権を持つ人々が、従来どおりでなければならないと言ったとしても。フランシス・ベーコンの言葉です。『機知の記念碑は、権力の記念碑よりも長らえる』ベーコンの場合、当てはまると思います。彼の機知の記念碑は、別人の名前のもとで後世に伝わりました。権力のからくりから彼が隠したおかげで。私はそう信じています。信じてくれとは言いません。今回みなさんが最高の運にめぐまれるよう、祈っています」

話している本人が感銘を受けたようだった。それを察知して私たちは黙った。彼はその静けさを感じとったのかもしれない。とにかく彼は笑いながら左手をロビンへ差しのべ、その手をロビンが右手で受けとめ、一同は拍手をした。かなり猛烈な拍手となった。この出来事がたいそう衝撃的で予想外で、何はともあれ終わったから。そして、解散した。

こういう論争があることはもちろん知っていた。母がとっていたサタデー・レヴュー誌で読んだり、日曜朝のテレビの「オデッセー」で見たりする類の話題だ。すでにベーコンは選択肢として古びて、もっと説得力がある名前にふるい落とされていると思い込んでいた。それに、どうでもよかった。空飛ぶ円盤、ローゼンバーグ夫妻の罪、ルルドの奇蹟くらいにしか、これらの仮説にそそられなかった。世界のあり方はひとつきりで、明快だと私は考えていた。それを変えようとあがいている人々はそれぞれ理由があり、いわば崇高なる不満足を抱えていて、それは問題の本質とは関係ないのだ。いまもたいていそう思う。熱狂家と、熱狂家を退ける現実主義者のはざまに私はいて、熱狂家たちに心を寄せながら、現実主義者の側につく。私のこういうところをハリエットは気に入ってはいまい。何ごとであれ、権力が求める形どおりに存在しなくてよいとハリエットは考える。〈自由人〉であれば、そういうふうに考えるのだ。

その次の日、ストラットフォード・オークの幹に小さくて優美な真鍮の飾り板がねじくぎで留められていた。

イギリスの博覧強記の天才
フランシス・ベーコン

彼を記念し
われわれの文学と言語に対する
不朽の貢献を称える
一九五九年七月十日
機知の記念碑は、
権力の記念碑よりも長らえる

「ばかばかしい」とハリエットが私に言った。オークから劇場まで歩いて行く途中だった。「べ、べ、ベーコンの話なんかしていられるもんですか。『ベーコンを勉強しなきゃ。ベーコンには大いなる智慧が見出せる。ベーコンを勉強すれば、みんなもっと賢くなれる。あれれ、あたしのベーコンはどこ』なんて。まったく」

「『シェイクスピア』だって相当変な名前だよ」と私は言った。「なじんでいるだけで」

ハリエットが私に軽蔑のまなざしを向けた。「美しい名前よ」と彼女は言った。「史上最高の名前かもしれない。最高の名前」

二人はとぼとぼ歩き、ほこりが舞った。うちの大家族の中ならば、ここで採るべき道は、あくまで対立して立場を定め、からかい、あざけり、なんとしてもつながりを保って、うまくいけば勝利を収める道である。理性の勝利ではないにせよ、機知または力の勝利を。だがこの状況下でそれが良策ではないことはわかっていた。それに代わる行動や代案はなかったが。

「今日は何をするの？」とようやく私は尋ねた。

「甲冑づくり」と彼女は言った。

*

劇団創設から日が浅く、団員はおおむね若くて俊敏だが格はさほどではないせいか、あるいは単に使える金を劇場と劇場に至る道路、駐車場、事務所に注いでいるせいか、インディアナ州シェイクスピア・フェスティバルの第一回上演作品は簡素《ミニマル》だった。当時としては革新的な簡素さで、そう見せようと意図していた。ロビンの発想である。

作品は『ヘンリー五世』だった。団員はフランスとイギリスに分かれ、衣装は稽古着のジーンズとトレーナーにすぎないが、フランスは白、イギリスは紺。それぞれの幟《のぼり》も同じ色で、棒にただ長方形をつけただけ。幕開きには口上役《コーラス》が独りで前舞台に出て、やはり稽古着である黒い服で、台本を手に坐っている。口上役は実質この芝居の演出家だ。この芝居の効力をめぐる口上役の心配は、演出家自身の懸念だった。

だが、皆様、どうかお許しを、

われら愚鈍凡庸な役者たちが、この見すぼらしい舞台で、
かくも偉大な主題をめぐる芝居をあえて演じますことを。

舞台に大きな木箱を置いて、そこから役者たちが「四、五本のなまくら刀」を出す。小道具のばらばらのサーベルや剣のほかに貴族には張りぼての甲冑もある。高校の楽隊から四人が採用されていた。トランペット二本、フレンチホルン、ケトルドラムだ。彼らは上演中ずっとオープンステージ横の視界にいて、戦乱のざわめきや刀剣を振りまわす音などを奏でる。口上役はロビンがみずから演じた。どうしてこの作品を選んだのだろうとそれまで私は不思議に思っていた。シェイクスピア戯曲のトップテンにはどう見ても入らない、わが国以外の国の、愛国的な芝居を。だがロビン版『ヘンリー五世』は、演劇そのものをめぐる芝居になる。持っているものを工夫して、四枚の板と情熱で行なう芝居。仰々しい演劇論なら私もあれこれ考えていたが、こんな仕掛けは到底思いつけなかった。ロビンは巧かったといまは思う。その後どうしているだろう。

劇団には女性が余っているように思われた。この芝居の登場人物のうち女はたった四人だ（ただし、一人はいちばんいい台詞を言う）。ある日、年配の女性二人が髪を短かく切って、というか、ほぼ刈った状態で稽古に現われて、二人の使い方が判明した。二人が演じるのは芝居の幕開けに登場する司教たち。彼らはヘンリーの戦争を正当化する。そして自分たちは戦闘に参加しない。

「あれはきついだろうな」とハリエットは私に言った。二人が人目を気にしつつ白髪に触れる様子を私たちは見ていた。

だが、それだけではなかった。

ロビンが、検討している案を見てほしいと全員を集めた。

飾り気のなさもむきだし状態もとてもいいとロビンは言った。僕は気に入っている。うまくいってる。すごくいい。でもすっかり満足してはいないよね? 君たちはどうだい。もちろん私は何でもロビンと同じように思っていたのだが、みなに合わせてうなずいて、ひょっとすると何か足りないかもという意見に賛同した。するとロビンは言った。エリザベス朝の劇場では、装飾のないむきだしの舞台をあでやかな衣装で埋めあわせた。その大半は支援者である貴族のお下がりだった。でも僕らにはそういうものはない。代案を練ったので見てもらいたい。

ひょっとすると、ロビンは前々から発想を練っていたけれど、後日観客に与えたい驚きを私たちにも与えてみたいがために思いついたばかりだと言ったのかもしれず、いまとなってはわからない。私にとって、ロビンがますます魔法使いに見えたのは確かだ。

ロビンが口を開いた。「《われらが馬と言うときは、誇らしげな蹄を大地に印する馬どもの姿を目にしているものとお考えください》」隣にいるハリエットが、私をちらりと見た。目の前のことに集中しているから、あなたに割けるのはこれだけと言わんばかりだった。ロビンが手を上げて合図をして、馬を一頭登場させた。布で覆われた奥の間から馬、いや女性が進み出た。

サンディだった。彼女が馬なのだ。レオタードを着ていたのだろう。当時、私はたぶんレオタードという言葉を知らなかったが。深靴のようなものを履き、鼻が長くて高さのある仮面をつけていて、馬並みの高さに見える。ゆっくり歩み、地面をそっとかき、受け止めてくれる地面に誇らしげに蹄を印した。動物らしい堂々たる無関心さでまわりを眺め、手綱をぐいぐい引っぱっているかのように高い頭をさらに上へ向けて見せた。

横にいるハリエットがかすかに動く気配がした。

ロビンがサンディに近づいた。手綱を取ろうとしているか、手を体に載せようとしているようだった。「《私の馬は、四本足で大地を踏みしめるだけの馬ならどんな駿馬《しゅんめ》とも変える気にはなれん》」と彼は言った。「《あれにうちまたがると、私は舞いあがって鷹になる、あれが空中を駆けめぐって、蹄が地面に触れると、大地は歌うかのようだ》」

アジンコートの戦いの前夜に皇太子が言う台詞だ。当の馬が賞賛を受け止めたかのごとく、サンディは頭をさっとそらした。

「《あれこそはペルセウスの愛馬ペガサスと言っていいだろう》」とロビンは続けた。「《あれは、地水火風の四元素のうち、火と風だけでできている、土と水とかの鈍重な元素は微塵《みじん》も見当たらぬ、ただ騎手が鞍にまたがるのをじっと待つときにうかがえるだけだ》」

ロビンが彼女の肩をつかんだ。彼女はじっとしていて、従順だった。私たちは全員動かずに黙ったまま、見てはいけない気がするものを見ていた。するとロビンが急に芝居をやめて笑いだし、サンディの体が私たちのほうを向くよう回転させた。彼女は仮面をとり、ロビンはおしまいというふうに両手を上げた。

　私たちは拍手をした。

「数はいらない」とロビンは舞台前方に来て言った。「六人か八人。ダンスや体操の経験者がいれば——いたよね——僕に会いに来て、時間を作ってオーディションを受けてくれるとありがたい」彼は笑った。「役といえるのかな。そうだなあ。台詞のある役よりも舞台に長くいられることは請けあう」

「受けてみれば」とハリエットに言うと、彼女は頭をこちらに向けたが、まったく興味のない、得体の知れない、かすかな物音を耳にしたような様子だった。やがて舞台へゆっくりと頭を戻した。舞台ではサンディが深靴をするりと脱いで、仮面を衣装方が取れるよう、差し出していた。

　もちろんハリエットはオーディションを受け、選ばれた。ベッドフォード公の馬の役で、飾り衣装をつけて公の腕に抱かれる。ベッドフォード公を演じる男はがっしりとして毛深く、手首はレスラー並み、彼が発明したのではと思われる低音の魅力的な声をしていた。人馬は一緒に稽古し、居残り特訓をサンディおよび戦闘キャプテンと呼ばれていた人に見てもらう。私も見ていたければ、見学できた。

　この劇には馬への言及が多く、それによってあまたの戦闘の説明もつく。ハリエットが演じるのは、フランス人たちが馬鹿にした、くたびれきって腹ぺこのイギリス馬の中の一頭だ。

そのあわれなやせ馬は頭を垂れ、腹も尻も肉が落ち、
死んだような目からは粘液がだらだらと流れ落ち、
生気を失った口には、草の嚙み汁に汚れほうだいの
二重馬銜《はみ》が、じっとはりついたようにはまっています。

ベッドフォード公はくたびれて、手にした剣の重みを感じながら立ち上がる。愛馬ハリエットも立ち、厳然たる痛みに頭を垂れ、すねを震わせているが、なおも意気があり、誇らかで、衣装方がシンボルカラーの色を投げかけたときは高い頭をもたげて振っていた。

「ベーコンのこと、少しわかったよ」と私はハリエットに声をかけた。彼女は舞台から引っ込み汗を光らせていた。ダンス用レオタードの上にぶかぶかのオーバーオールを履いて、白いシャツを引っかけていた。彼女がいつもの笑い声を立てたので、私も自分が言ったことにはっとして、笑った。「違うんだ、きいて。図書館でね、いろいろわかった」

「他にどこでわかるの？　違った、何がわかったの？」

「シェイクスピア劇をベーコンが書いたんじゃないかって最初に思いついた人、知ってる？」

「知らないわよ」

「女の人なんだ。ディーリア・ベーコン」

「へーえ」

「でも親戚じゃないんだ。本人がそう言っている」

「そうでしょうとも」

「その人の書いた本を見せようか」と私は言った。「見たければ。このテーマの本がけっこうあるんだ」

「いいわよ」彼女は包み隠しのない、一緒に悪だくみをしているような笑みを浮かべた。

終わりのない周回をつづけるバスが劇場に着くと二人で乗り込み、町に向かった。町は昼の暑さにびっくりして不動の沈黙に入ったと見え、台座の上で嘆いているあの北軍兵士みたいにうなだれていた。

「その人、このあたりの出なんだ」と私は言った。「オハイオ州西部。百年くらい前。父親が宣教師で、コネティカット州から一家で越してきた。彼女はまず教師になって生計を立てて、そのあと本を書いて、講演をするようになった。結婚はしなかった」

「ふうん」

「情事っていうか、ロマンスはあったんだ、ニューヘイヴンで。彼女は講演をしにコネティカットへ戻っていた。相手は宣教師だった」

「そういう男ってみんな宣教師じゃない？」

「同じホテルに相手も泊まっていた。訪ねてほしいと連絡したら、彼はそれを友人たちにしゃべってしまった。それでも二人はつきあうようになった」

「その男にシェイクスピアのことも話したの」

「うん。彼は彼女の説を正しいと思った」

「やけにくわしいのねえ」

「本に載ってるんだよ」薄暗い図書館に入るとき、私はにわかに震えて、ハリエットは私を興味深そうに眺めていた。急に冷気の中に入ったせいかもしれない。あるいは彼女をここへ連れてくることは、体に触れるのと同じくらいはっとするような親密な行為の一種なのかもしれない。

「スキャンダルも起きた」と私は言った。「ディーリアの家族によると、その男が――マックワーターっていうんだ――結婚を申し込んだのに約束を破った。ただ、男のほうは、ディーリアが結婚を申し込んだと言った」

「ほほう」とハリエットが言った。「彼女が申し込んだと」

「と彼女は言った」

「フリースピリットだったのかもね」

私は書架のあいだで彼女を導いていた。「えっ。ええと、どういう意味?」

「自由人《フリースピリット》。したいことをする人って意味。ヴィクトリア朝の貴婦人から男性に結婚を申し込んだり、このまま恋人同士でいましょうとか言ったり」

書架は二層にわかれていて、緑色に塗られた鉄製で、螺旋階段を上って第二層へいく。私たちは上がって行った。

「母親から、あんたは自由人になりたいのよって言われるの」とハリエットは言った。「母もそうだったんだって。遺伝ね」

「なりたいって思えるもんなの？」と私は尋ねた。何を言っているのか、自分でもわからなかった。「なりたいのと、もうなっているのとは同じじゃないの？」

「違うのよ」とハリエットは言った。

シェイクスピア関係の棚は三、四段で、戯曲の旧版、注釈書、伝記が並び、シェイクスピア別人説に関する本も十冊ばかりあった。

「これだよ」と私は言った。ディーリア・ベーコン著『シェイクスピア劇に現われたる哲学』。彼女の写真も載っていた。ボンネットをかぶった、髪も眼も黒みがかった「黒い女性《ダーク・レディ》」で年齢不詳、心得顔で微笑を浮かべている。率直さと上機嫌をあらわす笑みだ。

「この人、気に入った」ハリエットはページをぱらぱらめくっただけで読みはしなかった。

「これを見て」と私は言った。「イカれてるんだ」

革表紙が朽ちつつあるその大著は、イグネイシャス・ドネリー著『偉大なる暗号』だった。シェイクスピア劇の本文に埋め込まれた秘密の言葉を見つける方法が何千ページも綴られ、真の作者を明かす。フランシス・ベーコンである。

「ドネリーはディーリアを気に入ってた。彼女がひどく苦労したと思ってたんだよ」

最下段の本を取るために、二人で体を寄せて並んでしゃがんでいた。ハリエットの香水と汗の匂いがした。彼女が棚から小ぶりの青い本を抜きだした。

「『シェイクスピアのヒロインたちの少女時代』」彼女は読み上げ、本を開こうと坐り込み、靴ひものないスニーカーを脱いだ。私も本を抜き出した。『ベーコンこそシェイクスピア』『シェイクスピア、ベーコン、大いなる謎』『「シェイクスピア」の正体は第十七代オックスフォード伯エドワード・ド・ヴィア』『シェイクスピア、その謎』。

「ほら」と私は言った。「エリザベス女王が戯曲を書いたって言ってる本。こう書いてある。『ポーシャ、ロザリンド、ヴァイオラに男装をさせた、エリザベスの精神的衝動によって、作者であることを男の衣服で隠蔽した訳も説明がつくかもしれない。シェイクスピア劇においては、強く、成熟したヒロイン一人につき、よわよわしく、優柔不断で衝動的な男のヒーローが一人登場する』」

「ふうん」彼女はさきほど見つけた小さい本に気を取られていた。

「それは何？」

「これはね」と彼女は言った。「シェイクスピアのヒロインの少女時代を書いた本。まるで実在したみたいに少女時代のことが書いてある」彼女は本の最初のほうをちらっと見た。「一八九一年。ベアトリスも入っている」

「誰だっけ」喜劇はあまり読んでいなかった。

「『から騒ぎ』」と言いながら彼女は女教師風の一瞥をくれた。「わかるでしょ、君。ベアトリスとベネディックですよ」

「そうかそうか。自由人だね」

私たちが坐っていた床はガラスでできていた。乳白色のガラスで、比較的暗い下の階に光を取り込む仕組みだろう。この図書館に来るまで、この鋳鉄でできた建物の、ガラスの床のような所に私は来たことがなかった。

「この本、借りたい」とハリエットが言った。「借りられるかな?」

「もちろん、大丈夫さ」

そこにどのくらい坐っていたかは、わからない。たぶんハリエットが金のベルトがついた小さな腕時計を見て、帰ることになったのだ。覚えているのは、足音が響く螺旋階段を私が先に降りて、彼女が支えを求めて手を伸ばしてきたことだ。自分が差し伸べた手をあとで嗅ぐと、彼女の香水の匂いがした。後年、街やパーティーでその香りをたまに嗅ぐことがあった。やがて名前もなぜかわかった。「アンブッシュ(まちぶせ)」である。

*

ディーリア・ベーコンは、少なくともはじめはシェイクスピア劇の真の作者を定めていたわけではなかった。彼女独自の洞察（と本人が思っていたにせよ完全な独創ではなかった）はただひとつ――かくも高尚かつ壮大で、道徳性を備えたひとつの作品のように思えるこれらの戯曲を、ストラットフォードの卑しい役者風情に作れたわけがない。事実、彼女は全戯曲をひとつの作品として捉え、その作品が「作家」の成熟に伴い成長を遂げ、ひとまとまりの哲学を内包していると見なした。それは、哀れみ深く、ラジカルで、社会を転覆する力さえ持ち、ディーリア・ベーコンによって初めて言語で表わされた哲学なのだ。

ディーリアがストラットフォードの役者を異常なほどけなしたこと、この点が彼女の考察に突如現われたことについて、ある書き手は、卑しむべきマックワーターとその虚偽に対する怒りの投影かもしれないと述べ、あの男よりも恋愛対象にふさわしく、おまけに自分（およびいかめしい最愛の父）と同姓の男を代わりとしたのではないかと指摘している。心理学的にはすっきり図式化された説である。ただし自由人案とは相容れない。自由人ならばあんな奴に惚れることも、深入りしてあれだけひどい目に遭うこともないはずだ。決して。

だが、ディーリアが追随者たちと一線を画していることは確かだ。重んじた点がほかの人々と違うのだ。ほかの人々は戯曲にいわば月並みな畏怖を抱いて天才の作と見なし、卑しい生まれの者に書けたはずがないとしたが、それ以外の意見はほとんどない。手がかり、暗号、秘密のメッセージの追究にひたすら明け暮れている。

ディーリアの論は異彩を放っている。彼女の説では、真の劇作者（ただし、集団創作の可能性が高いと彼女は考えていたので「劇作者たち」がシェイクスピアという名を隠れ蓑にした訳は、明言している哲学が危険をともなう思想で、命にかかわる恐れすらあったためだ。シェイクスピア劇は徹底的な共和主義を奨励し、欲求と願望、苦しみにおいて万人が平等に造られているという観点に立つと彼女は考えた。ヨーク家とランカスター家の際限なく撃退しあう争いから『リア王』における畏敬を催させる憐れみにいたるまで、シェイクスピアの戯曲は王たちをただの人として提示している。王たちは欠陥、罪深さ、やましさ、過剰さなどを持ち合わせていて、彼らには神授の王権や人民の忠誠を要求する権利はない。

次にディーリアが問うたのは、そのような哲学を誰なら発想しえたか、だった。さらに、その哲学を一連の民衆演劇にひそめようともくろみ、立って聴き、坐って読むうちに人々を啓蒙して意気を高めて、煽動すらしようとひそかに企てたのは誰か。ストラットフォード出身の丸い顔をしたペテン師のかげに正体を隠す必要があった人物は誰か。ベーコンである。科学と新しい学問の父で、官職につき、君主たちと親しく、授爵もされている彼がその人物ならば合点がいく。公正な思考力が、想像を絶する未来に注ぎ込まれる。王や貴族の終焉、平等の始まり、共通の人間性の始まり。「生まれたばかりの裸の赤子の姿を借り」る「憐れみ」の始まり。自由なる男女が、恋愛および友愛において自由に相手を選びあう。

これに対して、ベーコンの女主人だった女王のご意見はどんなものだったろうか。

事実、女王の宮廷内に秘密結社があったとディーリアは考え、貴族たちが首を賭してでもイギリス国民に伝えたいことがあったと見た。実際それは人々の耳に届いていたかもしれない。その頃アメリカに上陸しはじめていたイギリス人たちは（少なくとも初期は芝居を唾棄する清教徒が大半を占めたが）やがてそういう理念を掲げた国家を樹立したのだ。その後、件の共和国で生まれた一人の女性によって、その伝達の秘密が究明された。なんとその女は伝達者の名前にちなむ名を持ち、自由人かもしれず、自分の頭と心をしっかりと持っていた。

だからこそ——これはいま思いついた——アメリカ合衆国において石灰光《ライムライト》の照明や灯火の明かりのもと、私たちが敢然と彼の戯曲に向きあってきたのは正当なことなのだ。ディーリア・ベーコンが自らの、もしくはシェイクスピアの哲学を説いてからわずか百年後、われわれ民主主義者がインディアナ州で夢想家《ユートピアン》の納屋に集って彼の戯曲を読み、検討し、上演するのも道理だ。事実ディーリアは『ヘンリー五世』を、王たるものや王たちがたたかう戦争の本質を示すべく（彼女がグループだとみなす）シェイクスピアが人々の魂に働きかけている一例として挙げている。

王様だっておれと同じ人間にすぎん、王様だってスミレの花はおれと同じように匂うだろうし……五官の働きだって人間の条件どおりだろうし、国王のしるしである飾りをとって裸になればただの人間だろう……

もちろんこの発言者はハリー自身で、さらにこのとき平民に身をやつしているので、アイロニーは幾重にもなり測り知れないほどだが、ディーリアは無論それも承知していた。彼女はこの王を深く哀れんでいる。ただの人であるから負わされた巨大な責務に不適で、ほかの人と同等にもしくはそれ以上に解放されるべき人として。

＊

一週間の仕事を終えてだったか、本稽古のあとだったか、ある日キャンプで役者とスタッフと見習いがパーティーを開いた。飲んで騒ぐのがみんな大好きで、ビールを何ケースも持ち込み、誰でも飲めた。今では想像できないことである。

ハリエットは大食堂で『シェイクスピアのヒロインたちの少女時代』を何人かの仲間に朗読していた。黄金虫が次々と網戸に衝突していた。私はロビンと話をしていた。

「真実のわけないですよ」と私は言った。「こないだ見つけたものをちょっと読んでみてください。この連中、頭がおかしいんです」

「でもさ、真実って何だろうね」いまこの大問題を思いついたかのごとく彼は言った。「真実っていくつもあるのかもしれない。だってわかりようがあるかい。確実にわかることなんてないだろう。僕たちがいまここで話しているかどうかだって、確実にはわからないだろ。虚構じゃないとはいいきれない」

ひとつの職種として考えたとき、演劇人は分析や論理はあまり得意ではない。演劇においては、リアに見える者がリアなのである。思考も同様で、並の役者にとって、一見筋が通っている議論であれば、本物の議論と大差ないのかもしれない。

ロビンは膝の上の、まだ栓を抜いていないドルーリー・ビールのびんに視線を落とした。教会の鍵と呼ばれる栓抜きを手にしていた。「あのさ」と彼が言った。「あの人があの説を信じているかどうか、昔からわからないんだよね」このあいだ話しに来たベーコン説提唱者のことらしい。「あの人だって、フランシス・ベーコンが戯曲を書いたと納得はしてないかもしれん」

自分の意図を相手にうまく感づかせる点でロビンはさすがに役者だった。これがボクサーだったら、もうすぐ凄いことが起きるぞと予告したらまずいけれど、話の上手な人においては優れた技巧だ。

「そうなんですか？」と私は言うべき台詞を言った。

「いやね」とロビンは言った。「フランシスよりも賢かったお兄さんのアントニーの可能性が高いと思っているかもしれないわけさ」

そこで彼はビールの栓をぽんと抜いた。彼自身によるリムショットだ。

「ここで幼いベアトリスが無法者にとらわれる」ハリエットの声が聞こえた。「すごく賢いのよ。『Corpo di Bellona! この娘っこは元気がいい！　お嬢ちゃん、お嬢ちゃんの健康に乾杯！』強盗の頭《かしら》よ。ベアトリスと結婚したがってるの。『わたくしの杯を満たしてくだされば、善良な紳士諸兄を祝して乾杯いたしましょう、とベアトリスは言った。でもみなさまの女王になる大志は抱いておりません。すぐにたいそう人気のない君主となりましょう。上に立ったら手始めにみなさまの流儀をただしますので』だって。すごいな」

「昔からの知り合いなんだよ」とロビンは言った。「本当に優しくて、とことん誠実で、すごく頭がいい男だ。それにお母さんに比べればちっともイカれていない」

「『小柄、瞳はグレー、唇は紅、涙の意味など知らぬごとく明るく大胆不敵な様子』」とハリエットが読み上げている。「『まことに率直な口ぶりでじっと相手を見つめるものだから、この娘が正しく、自分が間違っている気がしてくる……』」

「あの人のお母さんは」とロビンは大真面目に言った。「シェイクスピア戯曲の中に暗号だか組み合わせ文字だかが隠れていることを発見した。暗号と組み合わせ文字は違うはずなんだけど、何だったっけ、忘れたな。ともかくそれを解読するとお話が出てくる」

私は押し黙っていた。

「長いお話なんだ」

私は待った。

「何がわかるかって言うとね」と彼は言った。「戯曲に、フランシス・ベーコンがエリザベス女王と愛人レスター伯ロバートの子息であるという話が隠されてるんだ」

私は吹き出した。癖である神経質な笑いだ。深みにはまって抵抗しているのだ。

「二人はひそかに結婚していた」とロビンは言った。まだ何食わぬ顔をしている。「つまりフランシス・ベーコンは実は王位の正当なる継承者。フランシス一世。でもそれが知れたら――」ロビンは手でさっと首を斬る真似をした。「だからベーコンはこの物語を隠蔽し、この女傑がそれを見出したんだよ。三百、三百年の……」

ついに彼も吹きだした。

「でも」と私は困って言った。

「いいかい」彼は切迫感も、演じていた役もはぎとっていた。気がつけばハリエットがそばに立って、聞いていた。「そんなことどうでもいい。実際、息子のほうはベーコンのことなんかほとんど考えずに生きてきたんだから。ハハハ、おふくろさんのことも考えてなかった。金儲けで頭がいっぱい。がっぽり稼いだそうだよ。商品市場で。でもこれまで彼が何をしていたにせよ、いま何であろうと、とにかく孝行息子で気前がいい。あの人がいなけりゃ僕らはここにいない。それで充分さ。以上」

彼は私を見て、ハリエットを見て、再び私を見た。ハリエットが後ろ手に持った本に指をはさんでいるさまは、何かの挿絵のようだった。かわいらしく話を受けとめて微笑んだ彼女は、視線を私からロビンへ移した。二人とも私を見ていて、二人とも微笑んでいた。たいへん妙な心持になった。

そこへ何人かがやって来て、ロビンに話しかけた。

「彼の言うとおりですよ、君」とハリエットは言った。

「でもさ」

「来て」と彼女は言った。「歩きたいの」

あの頃の夏、夜はたいそう厳かなゆるやかさをもって訪れ、鳥は黙り、蛙や虫が目覚め、空は緑と黄に染まり、木々と背の低いポプラは黒ずんだ。ハリエットはどうでもいい話をしたりくるくる回って踊ったりしながら、キャンプの建物周辺から丘へ、たまたまそうなったかのように私を連れていった。低い灌木と背の高い草が茂って小さな要塞もしくは隠れ場を成し、キャンプへ戻る道が垣間見え、草原の向こうに川が見えた。深まりゆく緑を流れる漆黒の蛇行だ。

「気に入った？」と彼女は言って、練習を積んだダンサーの優美な動きでやわらかい地面にふわりと腰を下ろした。

ハリエットは私を選んだのだ。実に単純明快だ。いくら考えても、彼女がいかにしてそのことを伝えてきたかは思い出せない。伝えて来なかったのかもしれない。覚えているのは、だんだん暗くなっていくなか、それがわかったということだけだ。

「クリッピング」と彼女は言い、ピンクの縁のめがねをはずした。「シェイクスピアの言い方。好きな言葉なんだ。〈抱擁《クリッピング》〉とキス」

私は動揺しまくっていた。日々思い描いていた事態が目前に迫って、逮捕された犯罪者の態《てい》だったろう。初めて探検家に見出され、立ちすくむ、人見知りする野生動物みたいに。私は黙りこみ、何でもできるのに何もしなかった。できることも、すべきだとわかっていることも何ひとつしなかった。ハリエットは動きを止め、私を見つめた。

私は黙っていた。

「いい？」と彼女が言った。

私は答えなかった。

「あなた、ナントカカントカじゃないでしょうね」

「何のこと？」

「フランシス・ベーコンもそうだったたってやつ。フィロランプティーズ」

「性的倒錯者《パイデイラステス》。いや。違う、違う」

「ほんとに？」

「ほんとうに」

「じゃあいいわ」唯一の障害が取り除かれたのだ。私たちは取りかかった。いずれにせよ、芝生と草原こそ私のなじみの環境だった。私の乏しい〈抱擁《クリッピング》〉体験はどれも屋外でなされていた。まるで牧夫や兎である。だが他所ではここまで進んだことはなかった。

農民風のブラウスは脱がせやすく、そのように作られているみたいだった。次は下着で、暗闇で時限爆弾と格闘してワイヤーを切断しているみたいだった。彼女はもったいぶらずに助けてくれた。

「ちっちゃいんだ」と彼女は言った。

その後につづくはずである行為に関する私の知識は理論にとどまり、その大半は『理想の結婚』という本で学んでいた。その本によれば、五感のうち、味覚、触覚、嗅覚、視覚が関わる。聴覚だけは関係がなく、その欠如ゆえに際立つべきだという。会話はないはずだった。だがハリエットはしゃべった。それが一番妙だった。

この行為のそれ以外の特徴についても『理想の結婚』はきめ細かく周到に述べていた。私たちがすることや私たちの体について。ある部位のシェイクスピア的名称を私は以前からしばしば思い、お守りか約束のごとく頭の中で繰り返し、ときには現に体を震わせ、期待と、懸念の混じった嫌悪感を抱いていた――「ビロードの留め金」というものだ。

「あ、それはしないことになってるの」と耳元で彼女があえいだ。

鹿に飛びのくなと言うようなものだ。しないことになっている――そんなことをしたとすら自覚していなかった。

「たぶん大丈夫」と彼女は言った。「たぶん」

結局、大丈夫だった。さもなければ、二人でいったいどうしただろう。いまもときどき考える。次に会ったときは、しなかった。その次のときも。

私は畏怖の念に打たれ、とまどい、奇妙な罪悪感でいっぱいだった。宗教とは無縁の感覚だ。宗教的な罪悪感は覚えたことがない。罪悪感を覚えたのは、ハリエットと自分が互いに恋心を抱いていなかったからである。ハリエットが誘い込んでくれた事態が、私の人生における「いつまでも続きましたとさ」の幕開けではないことは明々白々だった。シェイクスピア劇で「ベッドトリック」を仕掛けられた処女の気分だった。いま述べたことを当時は少しも言葉にすることすらできず、ただそう感じていた。「どっちにしていいか、わからない——クソをするか、盲目になるか」当時インディアナ州ではやっていた言い回しだ。あの気分も自由人効果の一端だったが、当時の私はそれも知らなかった。

口が利けない状態から私はようやく脱却しつつあった。私が窒息しているかのように黙っていることは、ハリエットにとってきわめて屈辱的だったろうに、変わらぬ態度で接してくれた。ただ、他愛のないおしゃべりをしたり、シェイクスピアや今回の劇について話したりする際に彼女の声が時としてしわがれて、ぬくもりや楽しさを思って笑い出さんばかりに聞こえた。その原因は、ひとえに私の困惑かもしれないが。

「ねぇ、知ってる?」二人で忍び込んだキャンプ指導員用キャビンで彼女が言った。そこにはベッドとしみのついたマットレスがあった。「知ってる? あなたのペニスって素敵」

《ああ、驚いて、驚いて、こんなに驚いたことはないぐらい驚いて、それでもまだ驚いて、驚きすぎて驚いたとも言えなくなってしまった!》自分が入り込んだ世界では、こんなことが起こる。何でもあるのだ。それまでいた世界でも起こることだと、私は知らなかった。いろいろな場所で開かれる、夏の劇場、夏の会議、夏の集まりで。このために集まるなんて知らなかった(全部ではないし、常にそうとかぎらないにしても、それでもなお)。まわりの人々の活気を私は感知することができた。いわば嗅ぎとった。その一部に自分が加わったことで、初めて可能になったのだろう。〈抱擁《クリッピング》〉と結合。虫だらけの森や草の中のサテュロス劇。パイディラステスも含まれていよう。彼女と私も。さらに、彼女と少なくともほか一名も。もう一人のことは後日彼女から聞いたのだが、すでに私は疑念を抱いていた。だが「疑念を抱く」と言うと、実際よりも慧眼だったように聞こえる。当時はそれに対してどう感じ、どうすればいいかまったくわからなくて、格別の感情はなかった。もっと、というほかには。

『ヘンリー五世』は独立記念日の週末に初日を迎えた。稽古初日と同じように始まり、ロビンがジーンズとセーター姿で剣や甲冑の入った大きな木箱を舞台中央まで引きずる。まだ客席は明るく、観客は当然ロビンを裏方か舞台監督だと思う。実際、舞台監督だし、舞台の上でもそうなるのだ。やがて舞台の照明が徐々についたが、わずかに明るくなるだけ。客席の照明が落ち、ロビンが登場し、台本を手に張り出し舞台に坐った。稽古初日と同じだ。ほとんど誰も気がつかないうちに彼は語りはじめた。朗々と語るのではなく、普通の話し方で。炎のごとき詩神《ミューズ》、役者、王侯貴族がそろったときのみハリーを登場させうると、ほとんど切なげな口調で言う。そのあいだにハリーや皇太子他を演じる役者たちがジーンズやトレーナー姿で登場し、箱から武器を選び、ハリーは王冠をかぶった。《われらが馬と言うときは、誇らしげな蹄を大地に印する馬どもの姿を目にしているものとお考えください》とロビンが言うと、舞台中央の一頭の馬にライトが当たり、鮮やかな飾り衣装をかけたヘンリーの馬が誇り高い蹄を地面に打ちつけた。次の馬――ハリエット――が背後から現われ、別の馬がつづく。はっと驚く声や物音が観客からわずかに聞こえ、甲高い笑い声もあちこちから上がり、私は何かに取りつかれたように強烈な震えを覚え、目に涙が浮かんだ。

＊

本当によかったと思う。あの芝居が上演され、彼女が舞台に出られて、そして、短期間の公演が済んでいたことが。

日曜日のことだった。役者の多くは自宅に帰っていた。もう劇団に戻ってこない役者もいれば、シーズン第二作『テンペスト』に出るためにやってくる役者もいる。見習いたちの中にも、仕事で荒れた手に洗濯物を詰めた袋を携えて家に帰っている者もいた。彼らは翌週に劇団に戻ることになっていた。

私は残り、ハリエットも残った。

われわれの宿となっていた小さなキャンプは小さな湖を囲んでいた。よどんだ緑色の水は沼へ逆戻りしつつあった。仲間の何人かは、ときどきこの湖で泳いだ。底のゆがんだボートを漕いで湖の真ん中まで行き、互いにうながしあって、浮草の中に飛び込む。ハリエットは頑として入らなかったし、私も入らなかった。

とはいえ、耐えがたい猛暑だった。エイヴォンの町から遠くない小さい川沿いに公共ビーチがあり、混んではいたが清潔で、砂浜があった。自分の車で来ていた数少ない仲間の一人が、ハリエットと私とほか数名を土曜日に連れていってくれた。

そこも水はよどみ、茶色でどろりとしていた。ちびっ子がわんさといて、おしめを引きずるのを母親たちが追いかけていた。もう少し年上の子もいたし、犬もいた。ああいう場所、夏季の公共ビーチにどんな類の問題が潜んでいたのか、いまだに誰も把握していない。そもそもこのような場所に本当に問題があったのか。それとも、疫病やコレラなどに怯えていた、中世の恐怖心の名残に過ぎなかったのか。わからない。当時、毎年われわれは耳にたこが出来るくらい警告を受けていた。暑さと同じくらい、恐怖ものしかかってくる日々だった。

いまだにあのビーチを夢に見る。誓ってもいい、細部までそっくりだ。ただ夢のほうが数段暗く、黒めがね越しもしくは日差しにくらんだ目で見ているかのようだ。音はしない。おそろしくてたまらない。もちろん、別の場所を夢に見ている可能性もある。あのビーチはまったく無罪潔白で無害かもしれない。私は寝汗をかいて目を覚ます。

その翌日は、日曜だった。

その日図書館は開いていた。なぜ日曜日に開いていたんだ？　曜日について思い違いをしているのだろうか。図書館は開いていた。それは確かだ。

シェイクスピアの棚へ向かって、螺旋階段を再び上った。調べものをするつもりだった。メモを取って、この人たちの誤りを示し、認めさせよう。この蛇を楽園から追い出してやろう、いやそこまでは考えていなかったはずだ。でもあちらが認めざるを得なくなったら、そうしたら——どうなるだろう。おそらく、やめるだろう。今後、世界最高の名前を汚すことはあるまい。

自分が何を考えていたのかはわからない。そのとき私はだんだん妙な心地になりつつあり、自分のまわりに、自分自身の体ではないけれど、認識しうる生き物、身体《ソーマ》が集まっているような気配がしていた。私はイグネイシャス・ドネリーの本ほか数冊を抱えると、席につくために階段を下りた。

ドネリー——ドネリー上院議員——の著書の冒頭に、彼の写真が一枚載っていた。それを見ると、その本がどれほど古いもので、これがどれほど昔のことか、改めて思い知らされた。

複写版七六頁に進むと、フォリオ原本の七六頁に該当する。『ヘンリー四世』第二部、三頁目である。同場面の末尾から上へかぞえていくと、該当する欄の第二場の一節が四四八語きっかりだとわかるだろう（括弧でくくられた語は除き、ハイフンにつながれている語は、一語とみなす）。さて、五〇五から四四八を引くと、差は五七。隣の欄を下へかぞえると（七六ページ、その2）、五七番目の言葉は“her”となる。

ドネリーの手法を示すワークシートが折り込まれている。開いてみた。フォリオ版『ヘンリー四世』の一ページに赤鉛筆や青鉛筆で線が引かれていて、線に番号がふられ、線同士、あるいは線と言葉が矢印で結ばれ、他所から抜いた言葉が黒、青、赤の文字で羅列されている。

さて、もう一歩踏み込んでみよう。

手が震えていた。目の高さまで手を上げて、震えを見つめた。

私がずっと忌み嫌い、恐れてすらいる感覚があるが、ちょくちょく体験しているわけではない(数回の経験が記憶によって何倍増しにもなっている)。それは、あらゆる意図と意思が世界から流れ去り、あらゆる意識が消えたという感覚だ。地上に残されている動きは、邪悪で盲目的な無関心のみ。人々が意志をもってとる行動——会話も、思考も、動作も、機械的なチクタクいう音に成り果てる。ついには聞くことも見ることもできなくなる。すべての目が見えなくなり、すべての耳がふさがれる。私の意識だけが残り、その事を知る。

統合失調症の兆しと似ているのだろうか、自動機械《オートマータ》の世界に生きているような、この感覚は。私の場合、つねに何かしら病気の兆しと結びついていた。最初に体験したのは、喘息発作の前だったのではないか。それとも、エイヴォンの図書館にいたあのときが最初だったのだろうか。だからこんなに怖いのか。

ドネリーの大著は恐ろしく長く、願望に満ちていて、なんとも人間臭い。私はページを見下ろしながら、巻頭の写真のカエルみたいな男が次第にその人らしさを失い、残念ながら生きていない状態へ移行するのを感じた。その後、果てしなく続く数字と言葉だけが増えていく。目を逸らしたかったが、逸らすことができなかった。

無声。ほかのあらゆる書物も、シェイクスピアも、彼について考えた人々も同様だった。彼らは声を失い、音を出せなくなり、意識を失った。空気さえ動きを失った。私は動けなかった。

私以外にただ一人その場にいた司書がこちらを向き、その動きが見えた。私の様子を目に留め、めがねを外し、席を離れ、私の席まで来ていた。どうしました、どうかしたんですかと彼女が言っているようだった。

熱があるようです。音を出さずに私はそう言った。

司書が私の額に触れ、その冷たい手はいきなりリアルで、焼けつくようだった。

あら、本当。

夏風邪です。

どこから来たの、司書が口だけを動かした。

私は答えた。

司書がしゃべった。

私は席から立とうとして、倒れた。

司書は誰か——道を通りかかった人——をフェスティバルの事務室に遣ってロビンを呼ばせた。ロビンは寝床から呼び出され、フォードのコンバーチブルで町へ向かった。彼が来る前に司書がなんとか館外に出してくれて、私は図書館の階段に坐っていた。ロビンと司書が角の向こうの診察所まで私を連れていき、入り口の階段で医者を待った。医者が到着する前から、車で一時間かかる病院に運ばざるをえないだろうとロビンにはわかり、医者が来てからやはりそういう結論に達した。

この経緯を当時の私は何も知らず、何もわからず、いまも思い出せない。すべて後日人から聞いた話やロビンが両親に宛てた手紙を通して知ったことだ。

病院までロビンが車で送ってくれたことは覚えている。彼の車と座席のにおいも。後部座席にサンディといて、ちくちくする軍隊毛布につつまれて抱えてもらっていた。あの毛布を覚えている。病院に着くまで、ロビンはみんなが落ち着いていられるようにとシェイクスピア作品を暗誦しつづけていたそうだ。私が頼んだことだというが、それは信じられない。ロビンは『テンペスト』の大半を暗誦した。次の日から『テンペスト』の稽古がはじまる予定だった。

雲に接する摩天楼も、豪奢を誇る宮殿も、

荘厳きわまりない大寺院も、巨大な地球そのものも、そう、この地上に在るいっさいのものは、結局は溶け去って、いま消え失せた幻影と同様に、あとには一片の浮き雲も残しはしない。われわれ人間は夢と同じもので織りなされている、はかない一生の仕上げをするのは眠りなのだ。

思い出せるのは、熱が下がって病院で目がさめたときのことだ。白いシーツ、すえた牛乳のにおい、消毒液のにおいを覚えている。どうして脚がちっとも動かせないようにベッドに縛りつけられているんだろうと思った。なぜそんなことを？　部屋に看護師が来てシーツをのけて、脚が縛られていないことがわかった。動かないだけだった。

不思議なことに、ハリエットも同じだったという。どうして私はベッドに縛りつけられているの？　なんのため？　なんで私にこんなことをしたの？

＊

昔はほとんど全員がかかったものだというけれど、幼児期に感染した場合には後遺症はまったく残らず、風邪程度で済むか、本当に何ともなくて知らない間に終わって、そうなればもちろん免疫ができて一生つづく。感染時の年齢が高いほど、損傷を受ける確率が高まる。

その後ワクチンが開発され、たちまちあのことはすっかり消えて見えなくなった。ただし、数から漏れてしまったらその限りではなかった。看護師が来校したときに喘息のために家にいたり、そもそも学校に通っていなかったり、母親が自由人で医療品をまったく信用していなくて、よその人がいろいろ言ってみても、もう少し様子を見たがっている場合など。わからない。いまも本当にわからない。

全国規模の大きな発生は、あれが最後だった。ブラウン郡だけで七例。その大半は十二歳未満で、それ以外に私とハリエットがいた。全国では千人以上に及んだ。

ハリエットが近くにいること、あの病院に入院してすぐそばの病棟にいることは教えてもらえなかった。私が運びこまれた数時間あとに舞台監督夫妻がハリエットを連れてきたという。まわりの人たちがそれを教えてくれなかった理由？　当時は情報を与えないことになっていた。自分たちが知っていることを教えたら、われわれが死ぬのではないかと考えられていた。

それで、長いあいだ私たちは互いを失った。いや、私が彼女を失ったというべきだろう。ハリエットが私のことをどれくらい考えたかはわからない。二人はまず遠く離れた専門病院に入院し、やがて退院した。彼女の住所はわからなかった――住所を交換するところまでは行っていなかったのだ。電話番号もしかり。当時は、州内であっても長距離電話をかけるのは一大事だと思われた。実際に電話をかけるまで長くかかった理由はほかにあるかもしれないが。いずれにせよ、ついに番号がわかって彼女の父親と少しだけ話した結果、ハリエットがまた別の病院に入院中で、東部のどこかでさらなる治療を受けていることがわかった。お父さんはあきらかにその話題に気乗りしていなくて、よそよそしい、怯えたような口ぶりだった。せっかく洞窟に隠れていたのに、起こされてしまったとでもいうかのように。

そしてそれこそが、二人がずっと離ればなれだった真の理由である。それぞれ個別にこの災難に突入し、いまや傷ついた家族もろとも他の人々から隔絶されている。私たちがどうなったかは秘密だった。しかしこの秘密は、新たな状況に入るたびに明かさざるを得ず、説明をして告白せねばならなかった。「実はこの子には、ほかの少年ほど強くない点がありまして」コーチに、教員に、上司に。私の家族は恥ずかしさと勇気をふりしぼるせいで死にそうになっていた。

しかも、これでも私は復帰組なのだ。ほぼ復活したのだ。一目見れば、どこかおかしいとわかるけれども、私はこれまでほぼずっと装具なしで歩いている。もともと孤独癖があり、世界という舞台が自分の登場を待っているという感覚はまったくなかった。世界に参加しない理由、これほど深い、反駁しようのない理由があってよかったと安堵したことすらある——無論、それと同時に、安堵したことを恥じてはいたが。

ハリエットが同じ思いを抱いていたとは思えない。でも何もわからなかった。その後の状況や、復帰したのかどうかもまったく知らなかった。私たちは引き裂かれていた。最初の年に彼女からクリスマスカードが届いた。その後、連絡はなかった。

教養教育棟の研究室にハリエットから電話がかかってきた。道路で会った日の午後だ。

「ローマ教皇のこと、あなたが正しかった」とハリエットは言う。「死んでない」

「うん。怪我をしたんだ」

「頑丈よね」

この人の教皇就任が発表され、前任者ヨハネ・パウロ（John Paul）一世の名を受け継いでヨハネ・パウロ二世となると知ったとき、ハリエットは言った。ダメダメ、またジョン・ポールなんて！　ジョージ・リンゴがいい！

「犯人は俗物《ヴァルガリアン》だっていってた……」

「ヴァルガリアンじゃないよ、ハリエット」

「……あたしそれを聞いて、こんな早い段階でずいぶん変なことを言い切るんだって思った」

「ブルガリア人。スパイだ」

「らしいわね。あとで考えて、わかった」紅茶をすする音がした。「今晩来る？」

「いいよ」

「エアコン壊れっぱなしだけど」

「うん」

「あなたがおいしいっていうあのワインも一本お願い。ブルックウッド。ウッドブリッジ。ブリッジウォーター」
「ウォーターブルック。最後の授業は五時に終わる」
「いいわね。じゃ、そういうことで」

あのクリスマスカードを私はまだ持っている。カード自体は、なんの変哲もないものだ——雪、くっきりと濃い松の木立、星がひとつ。中に「あなたがクリスマスに願うことがすべてかないますように」と印刷されている。署名はラストネームまで書いている。こっちが覚えていないんじゃないかとでもいうように。当時、私は言葉ではうまく表わせなかったかもしれないが、すでにわかっていた。これは季節の挨拶なんかじゃないんだと。

ご存じないだろう、それは当然だ。親たちはすぐに把握しただろうと思う。ただ母の場合は特権意識があり、どこでも歓迎される気でいたから、時間がかかったかもしれない。あの頃の雰囲気はこんなふうだった。世のため人のため（そんなふうに思えたのだ）、この世界からチェックアウトするよう強いられる。自分はかりそめの客として世界を訪ねていただけで、お情けで置いてもらっていたことが判明したからである。ここはもう自分がいていい場所ではなく、長居して人さまを不快にしてはいけないのだ。われわれがみな互いに避け合っていたのも、ひょっとするとそのせいか。病院以外の場所で二人が並んでいたら、衝撃的な無作法となったはずだ。考えてみてほしい。われわれは大勢いたのだ。それを覚えている年代ならば、われわれが二人連れ立っているのを見た記憶はあるだろうか。街角、アイスクリーム屋、映画館などで。一度もないはずだ。

あるときハリエットにそう言ったら、馬鹿らしいと言われた。人が私たちを見たことがないのは、あのころ私たちが家から出られなかったから。ポーチから降りられなかったり、歩道の縁や階段を上がれなかったりしたから。それだけ。

「並んでいるところを見たことがない？」そう言ってハリエットは笑った。「私たち自体、見たことがないのよ。見ようにも、いなかったんだもの」

＊

「『ほかの者はわれわれの問いに甘んじる。そなたは自由』マシュー・アーノルドがシェイクスピアについて、あるいは彼に対して、述べている言葉です」私はサマースクールで担当するクラスの学生に話している。彼らは今後四週間で十二本のシェイクスピア劇を読み解くことになる。「この『問い』とは、突き詰めれば、この人は何を言いたいのかだと思います。この点アーノルドは、シェイクスピアが言わんとしていることは結局絞り込めないと考えました。諸問題に関するシェイクスピアの意見はどうだったのか。彼はチューダー＝スチュアート王朝の広報だったのか。よくある考え方ですね。隠れカトリック、隠れ無神論者、隠れ反戦活動家だったのか。シェイクスピア個人がどんな意見の持ち主だったのであれ、彼の戯曲にはそれらはまったく表わされていないとわたくしは考えています。時間の流れの中で繰り広げられるすべての作品同様、これらの戯曲も、ひとつの動きを成そうという衝動に突き動かされています。シェイクスピアのある作品でなぜそういうことが言われているのか。それは、その戯曲が特定の型の物語を語っているからです。その物語を完成すべく、登場人物たちがそういうことを語っているわけです。劇における登場人物たちの言葉は、シェイクスピアの意見ではありません。フーガの転回や変奏がバッハの意見ではないのと同じことです。そして、どちらの作品も驚くべきやり方でわれわれの胸を同じように打ちます。幾多の難関を乗り越え、結末にたどりついたときに。

以上です。シラバスを見ておくこと。次回は一見きわめて単純な劇を検討します。史実を反映するとされる史劇が、実はバラッドや御伽噺に匹敵するくらい、形づくられていて、型にあてはまることを見ていきます。初演時には観客のほとんどが、結末は破滅と若死にと承知していた物語が、いかにロマンチックコメディの形を持ちえたかを見ます」

大学を出る頃、空模様が急にあやしくなってきて、蒸し暑くなる。年下の同僚とキャンパスを歩く。彼女はアメリカ研究科だ。気を遣って歩みをゆるめてくれているが、そのことを隠しておけるほど機転はきかない。

「ちょっと教えてほしいんだ」と私は頼む。「ある人について――あなたくらいか、年上の女性が――〈自由人《フリースピリット》〉だと人から聞いたら、どんな人だと言われていると思う?」

「そうですね」と彼女は言う。「男遊びが激しい人でしょうか。知り合いにかなりいたんです」

「知り合いに?」

「一時期、流行ってましたよね? 自由人って。裸足で、地べたで過ごして、所かまわずどこでもいろんな人と寝る。そうですよね」

「それって能天気《デイジーピッカー》ってことじゃない? それとも違いはないの?」

彼女は肩をすくめる。「現実認識が希薄な人でしょうか。男性についても、人生についても。それでも何とかなった人もいますけど――」彼女は空気のようにふわりとした仕草で、脱走するさまもしくは何事にもかまわない超然としている態度を示す――「いつもうまくいくとはかぎらない」

私が追いつけるよう、相手は歩調をゆるめた。「どうしてそんな質問を?」

「文化人類学さ」と私は言う。

「私だったら、その人のことを心配します」

彼女の論理はわかる。だが――文化人類学的に言えば――いくつかの型があると思うのだ。誰が見てもわかるタイプは、制約を受けず、独自の世界を生きている。一方、秘密にしているタイプは、こちらが初めから知らないかぎり、そうだと知りようがない。司書、郵便配達人(灰色の帽子に巻き毛をたくしこんでいる)、歯科衛生士。やわでなく、愚かでもなく、コストと利益をわきまえている。自由人というラベルからも自由で、ディーリア・ベーコンよりも慎重に選んでいる。

そしてハリエット。彼女がそうだなんて誰が想像するだろう。私たちはセックスとは無縁と思われている。そこが秘密の部分だから、びっくり仰天した人は一人ではあるまい。だがハリエットの場合、大勢の愛人がいた。何ダースも（本人は十人単位よ、ダースじゃないわという）。好きな相手を全員ものにできたわけではないだろう。何度も振られたのかもしれない。だが——私が思うに——真の〈自由人〉とは、欲するときに愛人を選び、要らないときには持たなかった。いつでも誰とでもできるが、控えるべきときもわかっていたのだ。

この説を唱えたとき、ハリエットはわざと驚いて見せて「控えるですって？」と言った。「控える？」

再会した日の晩だった。というか、その翌日の早朝だった。場所はニューイングランドのこの町、彼女の小さな住まい。町は川沿いにあり、その大きな川の名前はエイヴォンではなかった。いつかそこで二人で会うことはおろか、自分が行くことすら互いに想像もしていなかった町だが、来た理由は相当違えども、二人ともここに来ていた。私は就職口があったという凡庸な理由、彼女の方は何十人もの愛人たちと関わるらしいが、いまだによくわからない。彼女はここを大いに気に入っている。自分で作り上げた店。店と住まいを兼ねた、連邦様式の持ち家。彼女が社交と同じくらい必要としている孤独も得られる場所。その孤独と社交が本当に別物か、私は真剣に考えたことがある。それが哀しいか否かについても。

「ねぇ、知ってる?」その夜だか朝だかに彼女は言った。「あなたのペニスって素敵」彼女が初めてそう言ったときのことを思い出した。もちろん、私は一度も忘れたことはなかった。ひょっとして、しょっちゅう口にしていることなのかしらんとも思った。相手を喜ばすために。

「うん」と私は言った。「ペンダフレックスっていうんだ」

「本当。すごい。回転式?」

「いいや。それはこれから買おうとして金をためているとこ」

ときは六月、またもや六月だった。彼女は火照る顔を私の肩のくぼみにうずめた。

「きっとこれからすごく役に立つわ」と彼女は言った。「そんな素敵なペニスなら」

自分の出発点から遠く離れたここで彼女を見出して、すっぱり別れていた段階からなぜか二人は再開しているが、何もかもすっかり変わっていることに自分はもっと違和感があるべきではないか、薄気味悪いとすら感じるべきなんじゃないかと私は考えていた。長いあいだ、どうなっているだろうと私が思いをめぐらせてきたさまざまな点において、彼女は大いに変わっていたのである。この種の夢をあなたも見たことがあるかもしれない。私はある。だが、実際には、そのときはそういう奇異な感覚はまったくしなかった。いまもしていない。

ハリエットの店の名は《お気に召すまま》という。戸口に掲げた看板には、店名の下に巻物か横断幕が描かれ、そこには《驚いて、驚いて、こんなに驚いたことはないぐらい驚いて》と書かれている。ドアが開くと鈴も鳴るようになっているけれど、実はほとんど必要ない。

「ハーイ」

彼女は接客中だった。無駄のない動きで、かわいらしい小物を薄紙、箱、リボン、ラベルで包んでいる。左右の手が異なるので、作業に応じて手から手へ仕事が引き渡されていくように見える。片方が力持ちの友人二人がやり取りをしているようである。

一番ひどいのは、体の優雅さと力が壊され奪われたことだとあなたは思うかもしれない。それらが失われたことは事実である。だが失ったものよりも芯にずっと近い部分に、ハリエットの優雅さ、力強さ、的確な動きが備わり、いま彼女が世の中を渡る際につねに原動力となっていることも同じくらい真実で、彼女を目にするまわりの誰もがそれを見てとる。私が眺めていると、馬鹿みたいに物がひしめく店内で彼女は向きを変え、壁にさわろうと片手を伸ばし、さわっただけでバランスを保ち、高い棚に手をのばして物を取り、振り向きざまに客の前に置く。無駄な動きも力みもまったくない。いまも彼女は、あの頃の馬だ。

「おみやげがあるんだ」

「ワインね」

「ワインもある」

ボトルが入った買い物袋から例の物を出す。

「えっ、まさか」

「大学の図書館にあったんだ」

かつてオクテヴィア判と呼ばれた小ぶりの判型で、絹で装丁され、金文字はくすんでいるが容易に読みとれる。『シェイクスピアのヒロインたちの少女時代』と。

「それにね」と私は言う。「ほかのも揃っているんだよ」

「え？」

「全部あるんだよ。いまだに。イグネイシャス・ドネリー、ディーリア・ベーコン、『シェイクスピア、その謎』も。昔からずっと同じ配置のところに」図書館における時間が、少なくとも十進分類法のあの範囲については、あの日の午後、ほかのあらゆる場所でも止まったかのように。年々あの本たちは役に立たなくなり、古びていく。意見も信念も決して変えないまま。

「ディーリア・ベーコンね」とハリエットが言う。「自由人の」

「そう言ってたね」

「本は覗いてみたの？」

「覗いたよ」一冊開いてみるまで実は長くかかったことは言わない。そこにあることは無論ずっと前からわかっていた。授業や研究に使う本の近くだ。でも、ずっと開かずにいた。それは嘘ではない。

私はハリエットの店じまいを手伝った。ハリエットは『シェイクスピアのヒロインたちの少女時代』をじっくり見る。背表紙に白インクで番号が書かれている。

「あのね」と彼女は言う。「あの本、返してないんだ。エイヴォンの図書館の本。あれきり返しに行ってない。きっとまだあの小屋にあるわよ」

ディーリア・ベーコンは一八五三年にイギリスに渡った。主な理由はマックワーター騒動から逃れるためと思われるが、ボストンとニューヘイヴンの知人から、発想を裏づける事実を見つけてくるべきだと言われてもいた。だがイギリスに着いてからも相変わらず思索にふけり、戯曲研究に明け暮れ、自説は正しいと確信を深めるばかりだった。ボストンで暮らすインテリ女性だったディーリアは、エマソンがカーライル宛にしたためた紹介状を携えており、カーライルはディーリアの異説に衝撃を受けた（彼女によれば、悲鳴を上げ、顔が黒ずんだ）。それでも彼女は頑として調査はしなかった。アイデアだけで人を説得するに十分なはずだとばかりに着想をめぐるエッセーを何本か著した。金が尽き、当時アメリカの文化担当官だったナサニエル・ホーソーンが援助してくれたときはすでに貧窮状態だった。ホーソーンは味方となり、寛大にも支援をつづけ、大著（『シェイクスピア劇に現われたる哲学』）の刊行準備を手伝い、出版費用まで負担したが、ホーソーンも彼女の説はやはり信じなかった。

自分――いや、むしろ世間――が必要とする証拠はきっと墓で見つかるという発想を彼女が得た経緯はわからない。証拠はセント・オールバンズの地にベーコンとともに埋まっている、と言い出して、墓地を開く許可がおりなかった時点でストラットフォード＝オン＝エイヴォンへ向かった。ホーソーンによれば、ストラットフォード教会のシェイクスピアの墓石の下に秘密結社が置いた文書を見つける方法について、ディーリアは「厳密で詳細な指示」を受けていると述べたという。

ストラットフォードに着いたディーリアは体を壊しており、みすぼらしい身なりで、旅館に泊めてもらえなかった。彼女は町をさまよい、玄関が開け放しの、バラで覆われたコテージを発見し（すべて事実）、中に入り、腰を下ろした。そこに独りで暮らしていた年配の女性が戻ってきて、坐っているディーリアを目にしたら、とても追い払うことはできなかった。彼女はとどまり、エイヴォン川を眺め、シェイクスピアが眠る教会の尖塔を眺めて過ごした。

あの墓に掲げられている狂詩の呪いをご存じだろう。〈友よ、願くはここに埋められたる遺骸をあばかざらんことを！　この石に手を触れざるものに幸あれ、而して、わが遺骸を動かすものに禍いあれ！〉これもディーリアが近寄れなかった一因かもしれない――だが、彼女一人ではなかったろう。それにもちろん、ストラットフォードのシェイクスピア産業はすでに拡大しており、彼女に土を掘り起こすことを許す気など誰にもなかった。とはいえ、彼女の方もそれを求めなかった。彼女は何ヶ月も無為に過ごしたのだ。

そんなある晩、彼女はふと教会を訪れた。なぜ夜に？　持参した物はカンテラと、後日ホーソーンに宛てた手紙によれば「行なうと申し上げた調査」の必需品数点。だが必需品の内訳も調査内容も述べていない。ディーリアは数時間そこにとどまったのだ。頭上に、記念碑に設置されたシェイクスピアの胸像があったが、暗くて見えなかった。天井も見えず、真夜中の空を見上げているようだった。彼女は長く過ごしたあとその場を去り、まもなくロンドンに戻った。

翌年、著書は刊行されたが、彼女は一種の神経衰弱に陥った。食費に事欠いて食事をとらずに部屋にこもった。海軍に所属する親戚がたまたまロンドンで休暇中にディーリアを訪れてその状況に驚き、祖国につれ帰った。その後彼女はすっかり沈黙し、すっかり身をひそめた。親戚が入所させたニューヘイヴンの療養所で、二年後に歿した。亡くなる少し前に「歴史は私のうちに手がかりをとどめた」と書き残したが、その真意は誰にもわからない。

＊

「あの人、シェイクスピアのせいで死んだのよ」とハリエットは言う。窓辺の鉢植えの香草を入れたオムレツを作ってくれたのだ。ワインのコルクは私がさきほど抜いてある。

「シェイクスピアの呪いってこと？」

「ううん、違う。シェイクスピアのせい。そういうこともあるのよ。あなたみたいに、シェイクスピアに埋もれている人。いいことじゃないわ」

「シェイクスピアに埋もれている？」

「シェイクスピアでご飯を食べてるでしょ」

「エリザベス朝演劇だ」と私は言う。「シェイクスピアってわけじゃない」

「シェイクスピアが私たちにしたことを考えて」

「はっ?」

「あたしたち、シェイクスピアに深入りしすぎたのよ。シェイクスピア、シェイクスピア。ディーリア・ベーコンみたいに」

「あのさ、ハリエット。いい加減にしろよ」

「あたしたちはシェイクスピアのせいで病気になった」とハリエットは言う。

「ハリエット」と私は言う。「シェイクスピアのせいじゃない」

「違うかな?」と彼女は確信ありげに言う。「違うかな? どうかな」

私は黙る。彼女の挑戦状だかジョークだかは消散する。彼女はワインを飲み、夜を眺める。そんなふうに羽目を外していると、バラ色の頬はさらに染まる。ヴィクトリア朝のヒロインのようだ。相変わらず。

「あなた、あの話書くべきよ」とハリエットは言う。「本にするの」

「どの話?」

「ディーリア・ベーコン。シェイクスピアに殺された」

「さあ、どうかな。それだけで一冊?」

「だって、本を書くのが仕事なんでしょ、論文を発表するか、さもなくば死か」

「書きたい本は一冊きりだ」と私は言う。「自由人たちの歴史」

それで彼女は再び私に目を向ける。「それは秘密の歴史」

「わかってる」

「もう誰かが書いてるんじゃない？」

「いくらかは。全部じゃない」

「でも、あるかもよ。どこかに全部。暗号でね」

「まあね。エリザベス女王がシェイクスピア劇を書いたなら、そこに隠されているかな」

「あの人こそ自由人よ」とハリエットが言う。「そう思わない？」

「そうそう。ディーリアの説に賛成」

「秘密結婚。非嫡出子」

「《独身を誓った女王は立ち去ったのだ、つつましい乙女の思いに包まれて、痛ましい恋する心も抱かずに》」

彼女が手を差しだす。私は腰を上げ、彼女が立ち上がれるよう手を貸した。店の裏の狭い住まいならば、彼女は慎重に動けば矯正装具なしに動きまわれる。支えから支えへ、テナガザルみたいに移り、大きな低いベッドまで行ける。社交を行なう場だ。

「ふらふらする」と彼女は戸口で立ち止まって言う。「ワイン二杯でもうふらつく」

そこで私は彼女を抱えて軽い体をベッドに横たえた。

こんな状況であなた方が遭遇しているであろう肉体と、ハリエットの体は異なる。肩幅が広く、肩は強靭で平らで鉄床のようで、上腕部はふっくらしてやわらかそうに見えるが、触れれば鋼鉄だ。ハリエットによれば、どうやって歩いているのか、かかりつけの整形外科医は解明できなかったそうだ。筋力が足りないはずなのだ。それがどんな仕組にせよ、男子高校生の羨望の的となるような洗濯板みたいな腹筋を授け、その見た目はどういうわけか少年の腹筋のように形がきれいできゃしゃに見えるが、実はきわめて堅い。尻も少年の尻で、小さくて、なめらかで、へこんでいる。そこから神経の損傷がはじまり、脚へおりている。

マリオネットとセックスしているみたい、と棒のように細い脚を持ち上げて開きながら私が言ったせいで、彼女の笑いが止まらなくなり、笑いやんで行為を再開するのに苦労したことがある。だがベッドのなかで彼女が脚をあらわにするようになり、二人の行為に脚も含めるまで、ずいぶん時間がかかったのだ。

あ、い、い、い、か、か、か、あたしたちみたいなカタワが二人、ときどきハリエットがそう言うのは、奇妙な礼儀正しさのあらわれでしかない。私も共通項に入れて、のけ者気分を味わわせないようにしているのだ。

「考えてるって言ってたね」と私は言う。深夜のことである。

「そう」

「それで？」

「ちょっとシーツにもぐらせて」

「雲行きがあやしいな」

「ボトル取ってくれる？」と彼女が言う。まだインディアナ流の言い回しがずいぶん混ざる。私はよいしょと起きあがり、ボトルとワイングラスを二個取ろうとして、彼女をつつむシーツの外に出てしまい、気がつけばベッドの際にいた。

「ところで、どうして私にあんなこと訊いたの」と彼女は尋ねる。「参考までに」

「好きだから」

「そうなの？」

「ハリエット」と私は言う。「好きだ。ずっと好きだったんだ、はっきりわかる前から。死ぬまで好きだ」ワインは甘く、まだ冷えていた。「だからだよ」

彼女はワインを飲んで考えている。あるいはすでに決意していて、言うべきかどうか迷っているのか。

「じゃあ、怖くないってこと？」

「なにが？」

「私の過去。運命の人を待っていたわけじゃない。独りでいるのは理由があるのよ」

「わかってる」

「さびしい《ロンリー》んじゃなくて、独り《アローン》だから」

「わかってる。怖くないよ。怖がるべきかもしれないけど、怖くない」

「なら、いい」

彼女の話はまだ終わっていない。遠くで腹鳴《ふくめい》のような雷が鳴り、不安定な空がひゅうひゅう言っている。

「こんど私たちが罹るもの、聞いた？」と彼女が言う。

「何のこと？」

「いま発見されつつあるやつ。症候群。私たちみたいな、ずっと前にポリオになった人たちがなるんだ。先週、医者が教えてくれた」

「医者に行ったの？」

「くたびれるようになったの」と彼女は言う。「そうだな、くたびれるってのも違うかな。弱ってきた感じ。何だろうって思って。そうしたら教えてくれた。先生も読んで知ったばかりだったんだって。ポストポリオ症候群」

「説明してくれ」と私は言う。とびきり落ち着いた口調《ダブルカーム》で言う。映画で、俳優がある種のことを言うときの口ぶりについてハリエットが造った言い回しだ。

　彼女は私にグラスを渡し、両手で自分の体を引き上げた。「なんでもね」と彼女はジョークの出だしみたいに言う。「なんでも、私たちが使う神経には仕組みがあるんだって。誰でも。ふだん動くのに使う神経が手や腕にあって、余分な部分もある。予備よ。生きていると神経は使い古される。被膜が擦り切れていく。消耗する。だから人生の後半は予備を使う」

「なるほど」

「でもポリオの場合、神経が傷つく。通常使う神経が傷つき、場所によっては予備も傷つくから、なんにもないのよ。で、まだ残っている部分があれば、そこは予備を使っている。余分だった部分を使っているの。つまり、これまでずっと大丈夫だったと思っている神経でも、実際は予備を使っている場合がある。そういうわけ」

「普通よりもはやく消耗するってわけか」

「そうやって克服しているの」と彼女は言う。「予備の神経をいつのまにか見つけて、使い方も覚えていく。あるいは別の筋肉を見つける。その場合、大方の人にはマイナーな筋肉だから、予備はあまりないかもしれないけど、その筋肉をありえないくらい使いまくる。そうやって良くなるの。私も良くなった。鉄の人工呼吸器に入ってた子のなかにも、ずいぶんよくなった子もいた。でも神経は古びたし、予備は使ってしまった。だからこれから負けていく」

身に覚えがあるだろうかと考えてみる。わからない。大学で長い距離を歩くときに前よりも苦労し、くたびれているかもしれない。もしかすると。

「でも、何が悲しいってね」とハリエットは言う。「克服しようと一番がんばって、機能を取り戻すために奮闘した人たちから負けていくってこと。あれだけリハビリをして、根性を出して、絶対負けないつもりだった人たちが」

私は彼女の脚に手を載せる。彼女がそこに手を重ねる。

「だから」と彼女は言う、落ち着きはらった口調《ダブルカーム》で。「わかった?」

わかった。よくわかった。それが返事なのだ。ハリエットは私よりも機能が衰えており、いま持っている機能を失うとわかったうえでイエスとは言えない。言えないのだ。イエスと言えば、自由選択の結果とは思われず、切迫した理由によると人から思われるから。今後必要になる介助を得る方策に思われるから。現実は違うにしても、人にはそう見えてしまうから。深夜まで話しあい、私は言うだろう、〈そんなことに引っかかるな、ハリエット。憐れみはいらないって方向に行くな〉。私は言うだろう、〈人の話を鵜呑みにするな。二度と歩けないって言われたとき、信じなかっただろう?〉私は言うだろう、〈じゃあ、俺はどうなるんだ、ハリエット。どんな運命になろうとも末永く、とにかく一緒にいたいと思ってるんだよ〉。でも、何の影響も及ぼさないだろう。

「こんなのひどいよ」と彼女は言う。

今度は泣いている。少しだけ。

「普段は自分を可哀相だなんて思わない」と彼女は言う。「そうでしょ。あたしが自己憐憫にひたるのを何回も見たことある?」

「一度もない」と私は言う。ないのだ。

「雨が降ればいいのに」とハリエットが言う。

実際、真夜中ちかくに雨が降り出し、荒々しい、ほとんどひっきりなしの稲光と、どでかい雷が鳴り、中西部並みに激しい雷雨となった。ハリエットがカーニバルで乗り物に乗っているみたいに叫んだり笑ったりしながらしがみついてくる。ついに嵐が過ぎて静まり、二人で横たわって雨樋のかすかな水音を聴いてから、彼女は私を帰した。

*

翌朝も彼女は写真を撮りに行くために早起きをするが、前日ほどではない。ぞっとするほど美しい日で、陽が照り、雨滴が飛び散り、靄《もや》がかかっている。彼女はフィルムホールダーを充塡し、必需品をすべて携えて家から車まで動く段取りをつけ、自分が急ぐことはできないのを承知しつつ、光に間に合うといいなと思う。急ぐことは緩慢なこと。急ぐことは時間のかかること。フェスティナ・レンテ——ゆっくり急げ。

午前の半ばにハリエットはめざしていた場所、事前に想像していた風景に辿り着く。だが大風が起こって巨木の葉を通り、木々の間を抜けては周りを吹き荒れる。ハリエットの写真は露光時間がたっぷり要るのに、木々が激しく動きすぎている。背の高い、忍耐強いカメラのかたわらでハリエットは待つ。生い茂る青葉の重いかたまりを風が動かし、木々にいつもの植物の生とは異なる動物の生を、自由意志あるいはその幻想を、じゅんぐりに一瞬ずつ与えている。木々はうれしがっている様子で、謳歌しているようにも見え、腕をもたげ、揺らし、歓喜に震えている。

町に戻る道で、ハリエットは数軒のガレージセールに寄る。重ねられた、不揃いの皿。もてあまし物。ナショナルジオグラフィック誌。柱上灯。並んだサイドテーブル。各家庭から外に出されたばかりで外気に慣れない出品物は、露に濡れた芝生で人目に触れて居心地悪そうだ。ハリエットは早めに来た客の一人で、自分の店に置ける「小物」をいくつか手に入れる。銀製キリスト使徒スプーン十二本セット。戦時中のタンブラー・セットには、体がかろうじて隠れる制服をまとったピンナップガールたちのデカルコマニアがついている。ある店でシェイクスピア・ゲームを見つけた。話に聞き、見たこともある盤上ゲームだが、やったことはない。箱はマスキングテープで留められ、値は二十五セント。なぜか心が動き、箱に手を載せる。

「全部あります」と世帯主がいう。「ひと揃い」

彼女にハリエットは二十五セント硬貨をわたした。

家に戻り、カメラを車から降ろし、買い物用のショルダーバッグも運び込む。箱に収まったシェイクスピア・ゲーム。そこで彼女は、杖にもたれるチャップリンのように、松葉杖にもたれてしばし考える。やがて彼女はクローゼットへ向かう。ハリエットの家には地下室も屋根裏部屋もない。あってても不要だし、使わない。でもクローゼットはたくさんある。ハリエットがしばし探して引っぱり出した青いスーツケースにはプードルの小ぶりのアップリケがついている。もとはセットで、昔は丸い帽子ケースもあった。引きずって（重たいのだ）ダイニングテーブルまで運ぶ。食事よりも写真を並べて台紙に貼るときに使うようになったテーブルの上でスーツケースの留め金をぱちんぱちんと開ける。中身は、卒業アルバム、写真、昔の発表会の謄写版印刷したプログラム、一等賞のブルーリボンなどだ。スクラップ帳も入っている。昔住んでいたインディアナの家が宛先の古びたマニラ封筒を取り出し、中身をあけてみる。あの夏つけていた日記、家に書いた手紙。『ヘンリー五世』のプログラム。劇場の掲示板から盗んだロビンの六切り写真。

彼女は何もかもダイニングテーブルに積みあげた。ときは、一九八〇年の夏。そこに、私が持っていった『シェイクスピアのヒロインたちの少女時代』も加える。シェイクスピア・ゲームも。ゲームを持ち上げ、片手で重さを量る。重たい。予想以上だ。いや、よくないほうの手が一段と弱まったのだろうか。さらに力を込めて握り、箱を留めているテープをはがそうとしていたら、つかむ手に力が入りすぎていたのか、箱を持っていられなくなり、体勢を立て直すよりも早く箱が開いて中身がこぼれた。ゲームの駒となるシェイクスピアの小さな胸像一ダースあまりが跳ねながらテーブルを越え、床に落ち、カタカタいいながら隅に入ったり物陰に隠れたりしてしまう。落とされた小物がしばしば示す、意思を持っているような風情で、逃げようとしているかのように。

赤、白、黒、茶のプラスチック製のシェイクスピアたち。転がっていく二、三個をハリエットが目の端に捕らえると、それらはもっと物が収まっている背の高い大型衣装簞笥の下に入ってしまった。ああ面倒くさい。箱を持ったまま、ハリエットは動かずに見つめる。あれを取るには、矯正器具を外し、床に寝そべり、下の狭い暗い隙間にほうきか何かを突っ込んで探り、つかえている場所からたたき出さなきゃならない。自分にはきっと届かないから、人に箪笥を動かしてもらって、うしろ側に手を突っ込んで出してもらわないといけなくなる。誰かに。いつまでもあのまま放っておこうと決めてしまえば別だけど。

巻末註

われわれが共有しているつもりの実際の歴史において、ブルガリア人暗殺者が教皇ヨハネ・パウロ二世を襲ったのは、私の物語にある六月ではなく、五月のことだった。その歴史上インディアナ州でシェイクスピア・フェスティバルは一度も開かれておらず、同州にエイヴォンという町はない。メアリ・カウデン・クラークが書いた『シェイクスピアのヒロインたちの少女時代』という書物はわれわれの歴史に実在し、シェイクスピア劇の意義と作者をめぐるディーリア・ベーコンの探求も史実である。しかしいかなる歴史においても、この名前の男がそれらの戯曲を書きえたはずはない。

＊『テンペスト』『ヘンリー五世』『マクベス』『夏の夜の夢』『お気に召すまま』の訳文は小田島雄志訳（白水Uブックス）、ソネットは柴田稔彦訳と高松雄一訳（『対訳　シェイクスピア詩集』岩波文庫）、シェイクスピアの墓の狂詩は中野好夫訳（『シェイクスピアの面白さ』新潮選書）をそれぞれ引用しました。ここに記して感謝いたします。（訳者）

解説

大森 望

ジョン・クロウリーは、現代アメリカ文学を代表するファンタジストのひとり。幻想文学のグランド・マスターであると同時に、ＳＦやファンタジーというジャンルの垣根を越えて、全世界の文学愛好者から高く評価されている。

簡単に経歴を紹介しておくと、ジョン・クロウリーは一九四二年十二月一日、メイン州プレスク・アイル生まれ。カレッジ卒業後、ニューヨーク・シティで映像関係の仕事をするかたわら小説を書きはじめ、一九七五年、アーシュラ・Ｋ・ル・グィンの熱烈な推薦文とともに、野心的なＳＦ長篇 *The Deep* をダブルデイから刊行し、華々しくデビューを飾る。遺伝子テクノロジーが生み出した獣人たちを描くＳＦサスペンス *Beasts* をはさんで、一九七九年、文明崩壊後のはるかな未来を背景にした、かぎりなく美しく切ない青春ＳＦの傑作『エンジン・サマー』を発表、ＳＦ作家としての名声を確立する。

しかし、この長篇を最後にクロウリーはジャンルSFから離れ、八一年、三代にわたるドリンクウォーター一族の物語を綴る妖精物語版『百年の孤独』とも言うべき独創的なファンタジー巨篇『リトル、ビッグ』を刊行。「これ一冊でファンタジーというジャンルに再定義を迫る作品」とル・グィンが評したこの大作は世界幻想文学大賞を受賞。アメリカ文芸批評の巨人ハロルド・ブルームは、シェイクスピアの諸作やルイス・キャロル『不思議の国のアリス』に比肩する奇跡的な傑作と位置づけ、作家で批評家のトマス・M・ディッシュは「史上最高のファンタジー。ピリオド」と絶賛した。

その後、クロウリーが二十年の歳月を費やして完成させたのが、*Ægypt*（二〇〇七年の改訂版で *The Solitudes* と改題）、*Love & Sleep*、*Dæmonomania*、*Endless Things* の〈エヂプト〉四部作。七〇年代末のニューヨーク州ファーラウェイ・ヒルズで暮らす歴史学者ピアス・モフェットの物語と、その彼が、専門とするルネッサンス時代を背景に執筆中のヘルメス学／錬金術系の歴史小説とが複雑にからみあう。

その間、一九九〇年には中篇「時の偉業」で二度めの世界幻想文学大賞を受賞（ノヴェラ部門）。二〇〇六年には、同賞の生涯功労賞に輝いている。

まさに巨匠の名にふさわしい地位と評価を得たわけだが、平均して三年に一冊ぐらいしか新刊が出ない寡作ぶり（合本とチャップブックを除くと、小説の著書は、三十九年間で十三冊しかない）とジャンル作家にとどまらない活動が災いしてか、日本ではその業績にふさわしい支持を得ているとは言いがたい。なにしろ、過去に邦訳されている書籍は、前述の二長篇（『エンジン・サマー』『リトル、ビッグ』）と、第一短篇集『ナイチンゲールは夜に歌う』の三冊のみ。しかも、現在どれも新刊書店では入手しにくい状況にある。

本書『古代の遺物』は、そのクロウリーのひさしぶりの邦訳書となる日本オリジナルの作品集。一九七七年から二〇〇二年までに発表された短篇十二篇を集め、発表年代順に配列する。原書の第二短篇集 *The Antiquities* と同じタイトルだが、本書には、その後発表された五篇が加わっている。というか、二〇〇四年に出た一巻本の短篇全集 *Novelties & Souvenirs* から、『ナイチンゲール〜』収録の四篇を抜き、かわりに（なぜか同書に入っていなかった）「シェイクスピアのヒロインの少女時代」を追加収録したのが本書。『ナイチンゲール〜』と本書を合わせれば、クロウリーが二〇〇二年までに発表した全短篇が日本語で読めることになる。

ちなみに第一短篇集の表題作は、原書では「ノヴェルティ」(Novelty)。それに対して、第二短篇集の表題作に「古代の遺物」Antiquities が選ばれたのは、当然、〝新しいもの〟と〝古いもの〟との対照を意図したものだろう。そのタイトルにふさわしく、第二短篇集には、古い寓話や逸話を下敷きにした作品が多く収録されている。おなじみの材料を使っているだけに、ジョン・クロウリーの語りの技術が堪能できる仕組み。バイロン卿やヴァージニア・ウルフやシェイクスピアなど実在の文学者が登場する作品もある一方、突拍子もない発明やガジェットが登場するS

F作品（「雪」と「消えた」）もあり、本書一冊で、クロウリーの幅広い作風と、一九七七年から二〇〇二年まで、四半世紀にわたる軌跡が一望できる。有名オリジナル・アンソロジーに寄稿した短篇が多いのも特徴で、初出媒体を見ているだけでも楽しい。加えて、本書収録の十二篇のうち、七篇は本邦初訳。たいへん希少価値の高い作品集なのである。
　以下、収録作各篇について、簡単に初出と背景を紹介する。一部、内容にも言及しているので、作品を未読の方はご注意ください。

「古代の遺物」柴田元幸訳　Antiquities　初出 *Whispers* 1 (1977)
植民地帰りの英国紳士がトラベラーズ・クラブの喫煙室で葉巻を燻らせながら、異国の事物についての物語を披露する……。P・G・ウッドハウスの《ドローンズ・クラブ》シリーズや、ロンドンの会員制クラブ（ビリヤード・クラブ）を舞台にしたロード・ダンセイニの《ジョセフ・ジョーキンズ》シリーズ、あるいはアーサー・C・クラークの『白鹿亭綺譚』などを彷彿とさせる、愉快な旅行怪異譚。「不倫疫病」という突拍子もない病気の話に始まり、やがて本題の猫が登場。そして思いがけない展開が……。ジョン・クロウリーのパスティーシュ技術とユーモア・センスが冴え渡る。
　初出はスチュアート・デイヴィッド・シフ編のホラー／ファンタジー系アンソロジー・シリーズの第一巻。〈ウィアード・テールズ〉の精神を継いでシフが創刊した同名の雑誌 Whispers が前身で、同誌掲載作の再録と書き下ろしの新作とで構成されている。この巻の寄稿者は、フリッツ・ライバー、ロバート・ブロック、マンリー・ウェイド・ウェルマン、ラムジー・キャンベルなど。

邦訳は〈エスクァイア〉一九九五年八月号に掲載。ジャック・ダン&ガードナー・ドゾア編の猫ファンタジー傑作選『魔法の猫』（扶桑社ミステリー文庫）に収録されたのち、柴田元幸編『夜の姉妹団—とびきりの現代英米小説14篇』（朝日文庫）に再録された。

「彼女が死者に贈るもの」畔柳和代訳　Her Bounty to the Dead（別題 "Where Spirits Gat Them Home"）　初出 *Shadows*（1978）

主人公は老境にさしかかった女性。親族の遺産を分配するため、ひさしぶりに甥と会い、生家の近くへといっしょに車で向かいながら、二十数年前に売った農場のことを思い出す。車中で甥が母親から聞かされた言葉だとして紹介する天国の話がこの小説の鍵を握る。いわく、「天国とは、自分が一番幸せでいられる場所です。あるいは、将来幸せになる場所でも、かつて幸せだった場所でもいい。天国に時間はないわけですから」

初出は、チャールズ・L・グラント編のホラー系オリジナル・アンソロジー *Shadows* シリーズ（一九七八年から九一年にかけて、ダブルデイから全十一冊を刊行）の第一巻。ジャンル小説のアンソロジーに寄稿した短篇でありながら、時間のコントロールにはむしろ文学的な手法が使われている。クロウリーのテクニックがデビュー当初から完成されていたことを示す一篇。本邦初訳。

「訪ねてきた理由」畔柳和代訳　The Reason for the Visit　初出 *Interfaces* (1980)

ヴァージニア・ウルフ（の霊魂だか亡霊だか本人だか）らしきものが語り手のもとを訪ねてくる。訪ねてきた理由はいったいなんだったのか……。

初出は、Anthology of Speculative Fiction と副題のついたペーパーバック・オリジナルの書き下ろしアンソロジー。アーシュラ・K・ル・グィンが文芸エージェントのヴァージニア・キッドと共同で編纂し、ジェイムズ・ティプトリー・ジュニア、ジーン・ウルフ、マイクル・コーニイ、マイクル・ビショップなどが寄稿。当時のＳＦ界の最先端に位置する才能を結集した、ニュー・ウェーヴ色（文学色？）の濃いアンソロジーだった。本邦初訳。

「みどりの子」畔柳和代訳　The Green Child　初出 *Elsewhere* (1981)

十二世紀にサフォーク州ウールピットで見つかったという、緑色の肌をした子供たちの伝承をもとにした小説。作中にもあるとおり、同時代の年代記作者、コグシャルのラルフとニューバラのウィリアムによって伝えられている。

合理的な解釈としては、ふたりはフラマン人移民の生き残りで、肌が緑色だったのは萎黄病

（鉄欠乏性貧血の一種）と栄養不良によるもの、しゃべっていた言語はフラマン語ではないかとの説があるとか。
初出は、Tales of Fantasyと副題がついた、テリ・ウィンドリングとマーク・アラン・アーノルドのコンビによるファンタジー・アンソロジーの一冊目（翻訳や再録も含む）。この*Elsewhere*は世界幻想文学大賞のアンソロジー／短篇集部門を受賞している。本邦初訳。

「雪」畔柳和代訳　Snow　初出〈Omni〉誌一九八五年十一月号
マイクロソフトが二〇〇二年からはじめたMyLifeBitsプロジェクトなど、人生のすべてを音声や映像で記録する〝ライフログ〟は、ここ数年でずいぶん一般的になってきたが、まだインターネットさえ存在しない一九八五年に、それと同様のコンセプトを（問題点まで含めて）鮮やかに小説化した作品。
クロウリー自身、*Novelties & Souvenirs*の版元サイトに掲載された著者インタビューの中で、『雪』は（収録作の中で）いちばん〝完璧〟な作品で、そのことを誇りに思っている――不適切な言葉は一語たりともない」と語っているが、まさにその言葉どおりの傑作。
酒井昭伸訳で〈日本版オムニ〉一九八六年七月号に掲載。その後、畔柳和代訳で柴田元幸編『むずかしい愛』（朝日新聞社）に収録された。

「メソロンギ一八二四年」浅倉久志訳　Missolonghi 1824　初出〈Isaac Asimov's Science Fiction〉誌一九九〇年三月号

語り手は、詩人のジョージ・ゴードン・バイロン。ギリシア独立戦争に身を投じようと決意してオスマン帝国ジェザイル州メソロンギに赴くが、現地で熱病にかかり、一八二四年四月に三十六歳の若さで世を去った。

クロウリーのバイロン卿に対する関心は深く、二〇〇五年には、バイロンが書いた（という設定の）長篇小説を作中作としてとりこんだ *Lord Byron's Novel: The Evening Land* を発表している。

邦訳は〈SFマガジン〉一九九五年十一月号に掲載。

「異族婚」浅倉久志訳　Exogamy　初出 *Omni Best Science Fiction Three* (1993)

犬婿や鶴女房など、日本でもおなじみの異類婿説話を下敷きにしたファンタジー。人間の男に異類の女（雌鳥）という組み合わせで、ある意味、「一人の母がすわって歌う」と対になっている。

初出は、〈Omni〉編集長のエレン・ダトロウが編纂した同誌傑作選。邦訳は〈SFマガジン〉一九九六年十二月号に掲載。

「道に迷って、棄てられて」畔柳和代訳　Lost and Abandoned　初出 *Black Swan, White Raven*（1997）

初出は、お伽噺を下敷きに、当代のファンタジー／ホラー／SF作家たちが新作を書き下ろすという趣向のオリジナル・アンソロジー（エレン・ダトロウとテリ・ウィンドリングの共編）。*Snow White, Blood Red* にはじまり、*Black Thorn, White Rose* と *Ruby Slippers, Golden Tears* に続く四冊目の *Black Swan, White Raven* にクロウリーが寄稿したのが本篇（ちなみに、このシリーズ五冊目の *Silver Birch, Blood Moon* は二〇〇〇年の世界幻想文学大賞アンソロジー部門を受賞している）。

クロウリーが選んだお題は、ごらんのとおり、グリム童話の「ヘンゼルとグレーテル」。元妻から二人の子供をひきとって育てはじめた元大学教員の男が語り手となり、犯罪者の生活向上プログラムの一環として受け持つ初級英文学の授業で、学生たちに「お話を語り直してみよう」と促し、みずからもその課題を実践する。本邦初訳。

「消えた」大森望訳　Gone　初出〈Fantasy & Science Fiction〉誌一九九六年九月号

本書収録作の中では、「雪」と並んで、狭義のSFに該当する。一九九七年のローカス賞（SF情報誌〈Locus〉の読者投票で決まる年間最優秀SF賞）ショート・ストーリー部門を受賞した。一種のファースト・コンタクトものだが、あなたの家を訪ねてくるエルマー（elmers）なる謎の存在は、かならずしも異星人というわけではない。「道に迷って、棄てられて」と同じく、本篇でも、子供たちの養育の問題がクローズアップされる。
邦訳は〈ＳＦマガジン〉一九九八年三月号に掲載。

「一人の母がすわって歌う」畔柳和代訳　An Earthly Mother Sits and Sings　初刊二〇〇〇年十一月、ドリームへイヴン・ブックス
チャールズ・ヴェスのイラストをあしらったペーパーバック十四ページのチャップブック（小冊子）として刊行された短篇。海から上がってきた者が人間の少女（イニーン）を異界に導く。これもまた異類婚の物語。本邦初訳。

「主体と客体の戦争」畔柳和代訳　The War Between the Objects and the Subjects　初出 *J. K. Potter's Embrace the Mutation* (2002)
ちょっと円城塔を連想させるような、言語遊戯的戦争小説。アメリカの幻想画家兼写真家のＪ・Ｋ・ポッターのアートワークにインスパイアされた作品を集めるアンソロジー（ビル・シーハン、ウィリアム・シェイファー編）のために書き下ろされた作品。他に、マイクル・マーシャル・スミス、グレアム・ジョイス、ラムジー・キャンベル、エリザベス・ハンド、マイクル・ビショップ、ルーシャス・シェパード、キム・ニューマンなど錚々たる顔ぶれが寄稿している。本

邦初訳。

「シェイクスピアのヒロインたちの少女時代」畔柳和代訳　The Girlhood of Shakespeare's Heroines　初出 *Conjunctions*: 39 (2002)

一九五〇年代末のインディアナ州で開かれたシェイクスピア・フェスティバルを背景に、少年と少女の出会いを描くみずみずしくノスタルジックなボーイ・ミーツ・ガールもの……のように幕を開けた物語は、やがて思いがけない方向に転調する。

奇妙なタイトルの出典は、(夫ともども)著名なシェイクスピア研究者だったメアリ・カウデン・クラークが一八五〇年〜五一年に刊行した同名の短篇小説集。オフィーリアやジュリエットなど、(題名のとおり)シェイクスピア作品に登場する女性キャラの少女時代を好き勝手に空想して書いた十五篇の二次創作を集めたものらしい。

シェイクスピアに関する蘊蓄が満載された本篇からもわかるとおり、クロウリーはシェイクスピアに造詣が深く、ジャック・サリヴァン編の『幻想文学大事典』(高山宏、風間賢二・日本版監修／国書刊行会)には「シェイクスピアの幽霊たち」と題する長めのテーマ・エッセイを寄稿している。

初出媒体は、ブラッドフォード・モロウが創刊し、編集人をつとめる単行本形式の文芸誌。The New Wave Fabulists と副題がついたこの号は、ピーター・ストラウブがゲスト・エディターとなり、SF、ファンタジー、ホラーのジャンルを越境する作家たちの新作を集めた。クロウリーの現時点での最新短篇、"Glow Little Glowworm"も、二〇一二年刊行の同誌59号に掲載されている。

本篇は、二〇〇五年に、サブテラニアン・プレスから、九十三ページの独立した単行本として刊行された。本邦初訳。

■ジョン・クロウリー小説単行本リスト

①The Deep (1975)

②Beasts (1976)

③Engine Summer (1979)『エンジン・サマー』大森望訳/福武書店→扶桑社ミステリー文庫

④Little, Big (1981)『リトル、ビッグ』I・II　鈴木克昌訳/国書刊行会　＊世界幻想文学大賞受賞作

⑤AEgypt (1987) →改稿・改題版 The Solitudes (2007)　＊エヂプト四部作1

⑥Novelty (1989)『ナイチンゲールは夜に歌う』浅倉久志訳/早川書房　＊短篇集(表題作「ナイチンゲールは夜に歌う」のほか、「時の偉業」「青衣」「ノヴェルティ」の四篇を収録)

⑦Beasts/Engine Summer/Little, Big (1991)　②③④の合本

⑧Great Work of Time (1991)　＊⑥収録の中篇「時の偉業」。世界幻想文学大賞受賞作

⑨Antiquities（1993）＊短篇集（表題作「古代の遺物」のほか、「彼女が死者に贈るもの」「訪ねてきた理由」「みどりの子」「雪」「メソロンギ一八二四年」「異族婚」の七篇を収録）
⑩Three Novels（1994）＊①②③の合本→改題 Otherwise（2002）
⑪Love & Sleep（1994）＊エヂプト四部作2
⑫Daemonomania（2000）＊エヂプト四部作3
⑬An Earthly Mother Sits and Sings（2000）＊本書収録の短篇「一人の母がすわって歌う」
⑭The Translator（2002）
⑮Novelties & Souvenirs: Collected Short Fiction（2004）＊全短篇集→『古代の遺物』＊本書（⑥の収録作を除き、⑰を追加）
⑯Lord Byron's Novel: The Evening Land（2005）
⑰The Girlhood of Shakespeare's Heroines（2002）＊本書収録の中篇「シェイクスピアのヒロインたちの少女時代」
⑱Endless Things（2007）＊エヂプト四部作4
⑲Conversation Hearts（2008）＊中篇
⑳Four Freedoms（2009）

著者　ジョン・クロウリー　John Crowley
1942年アメリカ・メイン州生まれ。インディアナ大学卒業後、写真家、コマーシャル・アーティスト、フリーライターを経て75年に長篇 *The Deep* でデビュー。SFに文学的試みを持ち込んだオールディス、ディッシュ、ル・グィンなどの影響を受けた野心的作風が注目を浴びる。81年『リトル、ビッグ』で世界幻想文学大賞を受賞。長篇作に『エンジン・サマー』(79)、短篇集に『ナイチンゲールは夜に歌う』(89) などがある。90年「時の偉業」で世界幻想文学大賞ノヴェラ部門、97年「消えた」でローカス賞ショート・ストーリー部門を受賞。06年には世界幻想文学大賞功労賞を受賞した。

訳者　浅倉久志（あさくら　ひさし）
1930年生まれ。英米文学翻訳家。訳書にP・K・ディック『アンドロイドは電気羊の夢を見るか？』、R・A・ラファティ『九百人のお祖母さん』(以上早川書房)、著書に『ぼくがカンガルーに出会ったころ』(国書刊行会) がある。2010年逝去。

大森望（おおもり　のぞみ）
1961年生まれ。翻訳家・書評家。訳書にJ・クロウリー『エンジン・サマー』(扶桑社)、C・ウィリス『航路』(早川書房)、編著に『NOVA 書き下ろし日本SFコレクション（全10巻)』(河出書房新社) などがある。

畔柳和代（くろやなぎ　かずよ）
1967年生まれ。東京医科歯科大学教養部教授。翻訳家。訳書にC・エムシュウィラー『すべての終わりの始まり』(国書刊行会)、M・アトウッド『オリクスとクレイク』(早川書房) などがある。

柴田元幸（しばた　もとゆき）
1954年生まれ。翻訳家、「MONKEY」編集長。訳書にポール・ラファージ『失踪者たちの画家』(中央公論新社)、ブライアン・エヴンソン『遁走状態』(新潮社)、著書に『ケンブリッジ・サーカス』(スイッチ・パブリッシング) などがある。

未来の文学
FUTURE/LITERATURE

古代《こだい》の遺物《いぶつ》

2014年 4 月25日初版第 1 刷発行

著者　ジョン・クロウリー
訳者　浅倉久志　大森望　畔柳和代　柴田元幸
発行者　佐藤今朝夫
発行所　株式会社国書刊行会
〒174-0056　東京都板橋区志村 1-13-15
電話 03-5970-7421　ファックス 03-5970-7427
http://www.kokusho.co.jp
印刷所　明和印刷株式会社
製本所　株式会社ブックアート

ISBN 978-4-336-05321-3

歌の翼に トマス・M・ディッシュ／友枝康子訳 426頁　2400円	近未来アメリカ、少年は歌によって飛翔するためにあらゆる試練をのりこえて歌手を目指す……鬼才ディッシュの半自伝的長篇にして伝説的名作がついに復活。サンリオ SF 文庫版を全面改訳した決定版！　05116-5
ダールグレン　I・II サミュエル・R・ディレイニー／大久保譲訳 492頁／544頁　3200円／3400円	都市ベローナに何が起こったのか……廃墟となった世界を跋扈する異形の集団、永遠に続く夜と霧。記憶のない〈青年〉キッドは迷宮都市をさまよい続ける。「20世紀 SF の金字塔」が遂に登場。　04741-0/04742-7
奇跡なす者たち ジャック・ヴァンス／浅倉久志編訳／酒井昭伸訳 448頁　2500円	独特のユーモアで彩られた、魅力あふれる異郷描写で熱狂的なファンを持つ巨匠ヴァンスのベスト・コレクション。表題作の他、ヒューゴー、ネビュラ両賞受賞の「最後の城」、名作「月の蛾」など全８篇。　05319-0
第四の館 R・A・ラファティ／柳下毅一郎訳 324頁　2300円	単純な青年フォーリーは世の中を牛耳る〈収穫者〉たちに操られながら四つの勢力が争う世界で奇妙な謎に出会っていく――世界最高の SF 作家によるネビュラ賞候補、奇想天外の初期傑作長篇。　05322-0
古代の遺物 ジョン・クロウリー／浅倉久志・大森　望・畔柳和代・柴田元幸訳 304頁　2200円	ファンタジー、SF、幻想文学といったジャンルを超えて活動する著者の日本オリジナルの第２短篇集。ノスタルジックな中篇「シェイクスピアのヒロインたちの少女時代」他、バラエティに富んだ作品を収録。　05321-3
愛なんてセックスの書き間違い ハーラン・エリスン／若島　正編訳／渡辺佐智江訳 近刊	『世界の中心で愛を叫んだけもの』で知られるカリスマ作家による非 SF 作品／クライム・ストーリーを集めた全篇本邦初訳の短篇集。独特のテンションと感性がきらりと光るスピード感溢れるクールな傑作群。　05323-7
ジーン・ウルフの記念日の本 ジーン・ウルフ／酒井昭伸・宮脇孝雄・柳下毅一郎訳 近刊	〈言葉の魔術師〉ウルフによる1981年刊行の第２短篇集。18の短篇をリンカーン誕生日から大晦日までのアメリカの祝日にちなんで並べた構成で、ウルフ作品の初期名作コレクションとして名高い。　05320-6
ドリフトグラス サミュエル・R・ディレイニー／浅倉久志・伊藤典夫・小野田和子・酒井昭伸・深町眞理子訳 近刊	過去の作品集の収録された作品に未訳２篇を合わせた決定版短篇コレクション。新訳「エンパイア・スター」、ヒューゴー、ネビュラ両賞受賞「時は準宝石の螺旋のように」「スター・ピット」など全17篇。　05324-4
アンソロジー〈未来の文学〉 **海の鎖** ガードナー・ドゾワ他／伊藤典夫編訳 近刊	〈異邦の宇宙船が舞い降り、何かが起こる…少年トミーだけが気付いていた〉ガードナー・ドゾワによる破滅 SF の傑作中篇である表題作を中心に伊藤典夫が選び抜いた珠玉のアンソロジー。　05325-1

＊

お日さま　お月さま　お星さま カート・ヴォネガット＆アイヴァン・チャマイエフ／浅倉久志訳 Ａ４変型・上製　64頁　2200円	ヴォネガットの数少ない未訳作品にして唯一の絵本の邦訳。アメリカ・デザイン界の重鎮チャマイエフの美しいグラフィックに彩られた、無神論者ヴォネガットによるクリスマス絵本。　05162-2
ぼくがカンガルーに出会ったころ 浅倉久志 四六変型・上製　390頁　2400円	SF 翻訳の第一人者浅倉久志、初のエッセイ集。SF・翻訳に関するコラムの他、訳者あとがき・解説、さらには膨大な翻訳作品リストも収録（単行本・雑誌発表短篇全リストなど）。装幀：和田誠　04776-2

未来の文学

失われたSFを求めて——60〜70年代の幻の傑作SF、その中でも本邦初紹介の作品を中心に厳選したSFファン待望の夢のコレクション。
「新たな読者の視線を浴びるとき、幻の傑作たちはもはや幻ではなくなり、真の〈未来の文学〉として生まれ変わるだろう」（若島正）

四六変型・上製

ケルベロス第五の首

ジーン・ウルフ／柳下毅一郎訳
334頁 2400円

宇宙の果ての双子惑星を舞台に〈名士の館に生まれた少年の物語〉〈人類学者が採集した惑星の民話〉〈尋問を受け続ける囚人の記録〉の三つの中篇が複雑に交錯する、壮麗なゴシックミステリSF。 04566-9

エンベディング

イアン・ワトスン／山形浩生訳
356頁 2400円

人工言語を研究する英国人と、ドラッグによるトランス状態で生まれる未知の言語を持つ部族を調査する民族学者、そして地球人の言語構造を求める異星人。言語と世界認識の変革を力強く描くワトスンの処女作。 04567-6

アジアの岸辺

トマス・M・ディッシュ／若島　正編訳
浅倉・伊藤・大久保・林・渡辺訳
366頁 2500円

特異な知的洞察力で常に人間の暗部をえぐりだす稀代のストーリーテラー：ディッシュ、本邦初の短篇ベスト。傑作「リスの檻」の他、「降りる」「話にならない男」など日本オリジナル編集でおくる全13篇。 04569-0

ヴィーナス・プラスX

シオドア・スタージョン／大久保譲訳
310頁 2200円

ある日突然、男は住む人間すべてが両性具有の世界にトランスポートされる……独自のテーマとリリシズム溢れる文章で異色の世界を築いたスタージョンによる幻のジェンダー／ユートピアSF。 04568-3

宇宙舟歌

R・A・ラファティ／柳下毅一郎訳
246頁 2100円

偉大なる〈ほら話〉の語り手：R・A・ラファティによる最初期の長篇作。異星をめぐりながら次々と奇怪な冒険をくりひろげる宇宙版『オデュッセイア』。どす黒いユーモアが炸裂する奇妙奇天烈な世界。 04570-6

デス博士の島その他の物語

ジーン・ウルフ／浅倉久志・伊藤典夫・柳下毅一郎訳
418頁 2400円

〈もっとも重要なSF作家〉ジーン・ウルフ、本邦初の中短篇集。孤独な少年が読んでいる物語の登場人物と現実世界で出会う表題作他、華麗な技巧と語りを凝縮した全5篇＋限定本に付されたまえがきを収録。 04736-6

アンソロジー〈未来の文学〉
グラックの卵

H・ジェイコブズ他／浅倉久志編訳
368頁 2400円

奇想・ユーモアSFを溺愛する浅倉久志がセレクトした傑作選。伝説の究極的ナンセンスSF、ボンド「見よ、かの巨鳥を！」他、スラデック、カットナー、テン、スタントンの抱腹絶倒作が勢揃い！ 04738-0

アンソロジー〈未来の文学〉
ベータ2のバラッド

サミュエル・R・ディレイニー他／若島　正編
368頁 2400円

〈ニュー・ウェーヴSF〉の知られざる中篇作を若島正選で集成。ディレイニーの幻の表題作、エリスンの代表作「プリティ・マギー・マネーアイズ」他、ロバーツ、ベイリー、カウパーの傑作全6篇収録。 04739-7

ゴーレム100

アルフレッド・ベスター／渡辺佐智江訳
504頁 2500円

ベスター、最強にして最狂の伝説的長篇。未来都市で召喚された新種の悪魔ゴーレム100をめぐる魂と人類の生存をかけた死闘——軽妙な語り口とタイポグラフィ遊戯が渾然一体となったベスターズ・ベスト！ 04737-3

限りなき夏

クリストファー・プリースト／古沢嘉通編訳
408頁 2400円

『奇術師』のプリースト、本邦初のベスト・コレクション（日本オリジナル編集）。連作〈ドリーム・アーキペラゴ〉シリーズを中心に、デビュー作「逃走」他、代表作全8篇を集成。書き下ろし序文も収録。 04740-3

＊本体価格／ISBNコードは先頭に978-4-336をつけて下さい